여자
들의
왕

여자
들의
왕

＊

정보라 소설집

아작

차례

높은
탑에
공주와

I

여기 어떤 높은 탑 속에 한 공주가 있다. 그리고 그 탑과 안에 든 공주는 사나운 용이 지키고 있다. 용은 불을 뿜고 사람을 잡아먹는 무시무시한 존재다. 그리하여 한 용감한 기사가 나선다. 기사는 몇 날 며칠을 말을 달려 산을 넘고 바다를 건너 마침내 사나운 용이 사는 곳으로 찾아온다. 그 곳은 산꼭대기라도 좋고 깊은 계곡 밑바닥이라도 좋고 혹은 바다 위에 홀로 떠 있는 섬이라도 좋다. 어쨌든 기사는 목숨을 건 험난한 여정 끝에 멀고 먼 장소에 외따로 떨어진 용의 보금자리를 찾아낸다. 그리고 용의 눈을 피해 높은 탑을 올라가서 창문을 통해 공주의 방으로 숨어든다. 공주는 침대에 누워 잠들어 있다. 눈부신 하얀 뺨은 탑에 갇힌 채 용에게 시달려서인지 조금 여읜 듯하고, 붉은 입술도 약간은 파리해진 것처럼 보인다. 기사는 아름다운 공주의 잠든 얼굴을 말없이 들여다보다가 침대 위로 몸을 숙인다. 공주의 귓가에 속삭인다. 공주님, 제가 왔습니다. 공주님을 구해드리겠습니다.

그 목소리를 듣고 입맞춤을 느끼고 공주가 눈을 뜬다. 기사의 얼굴을 본다. 화들짝 놀라며 침대에서 뛰어 일어난다. 그리고 앵두 같은 입술을 열어 말한다.

"뭐야, 너? 여기까지 왜 또 왔어?"

기사의 표정이 구겨진다. 아아 기사님을 기다렸습니다, 라든가, 이렇게 위험한 곳까지 찾아오시다니, 라든가, 뭐 이런 종류의 대사를 기대한 것이 틀림없다. 기사가 설명한다. 그러니까 공주님, 나쁜 용에게 붙잡혀 이 높은 탑에 갇혀 있는 공주님을 구출하기 위해서 제가….

"구출 좋아하네."

공주가 말허리를 자른다.

"나가. 당장 나가."

기사가 다시 설명한다. 아니 그렇지만 공주님. 사나운 용이….

"나가라는 말 안 들려?"

공주가 눈을 치뜨고 기사를 노려보며 낮은 목소리로 말한다. 그리고 주위를 두리번거리기 시작한다.

"내 칼 어디 갔어? 혹시 내 칼도 네가 숨겼냐?"

기사는 당황한다. 아니 저기 공주님, 칼이라뇨….

"아, 여기 뒀구나."

공주가 도로 침대에 앉는다. 그리고 베개 밑에서 단검을, 매트리스 밑에서는 장검을 꺼낸다. 꺼낼 때 장검이 침대 밑판에 쓸리면서 스릉, 하고 칼날 우는 소리를 낸다.

공주쯤 되는 사람이 도대체 왜 침대 속에 저런 걸 숨겨두고 사는지 이해할 수 없어서 기사는 눈을 휘둥그렇게 뜨고 바라본다. 그러나 기사의 기분 따위 전혀 아랑곳하지 않고 공주는 양손에 칼을 들고 천천히 일어선다. 오른손에 든 장검과 왼손에 쥔 단검을 기사를 향해 똑바로 겨눈다.

"말로 할 때 곱게 나가라."

기사는 여전히 믿을 수가 없어서 칼을 든 공주를 멍청한 표정으로 쳐다본다. 그러나 칼이 눈에 들어오자 기사답게 곧 정신을 차린다. 공주를 향해 지긋이 다가서며 다정하게 팔을 벌린다. 그리고 손을 뻗어 칼을 쥔 공주의 양손을 하나씩 살그머니 잡는다. 아이를 달래는 말투로 말하기 시작한다. 공주님, 그러지 마시고….

따악. 공주가 오른손에 든 장검의 칼등으로 기사의 왼팔을 내리친다. 기사가 비명을 지를 틈도 주지 않고 장검은 어느새 인정사정없이 기사의 목을 겨누고 있다.

"이게 어디서 사람을 바보 취급하고 그래?"

공주가 장검을 든 채 한 발짝 앞으로 나서며 말한다. 칼끝이 기사의 목에 닿는다.

기사는 경동맥 바로 아래를 겨누는 칼끝의 날카로운 감촉에 자기도 모르게 한 발짝 뒤로 물러선다. 그리고 방금 같은 칼에 맞아 피가 뚝뚝 흐르는 팔을 다른 한 손으로 부여잡고 잠시 넋을 놓은 채 공주의 얼굴을 들여다본다. 이게 도대체 어떻게 된 일람. 칼 쓰는 법은 대체 언제 배운 거야. 그나저나 용이 눈치채지 못한 사이에 조용히 데리고 나가려고 했는데 이 모양이면 그건 애초에 글렀군. 위험하다. 이건 생각보다 훨씬 더 위험하다. 그리하여 기사는 다친 팔을 움켜잡은 채 그대로 조금씩 뒷걸음질 치면서 퇴로를 모색하기 시작한다.

퇴로는 두 가지가 있다. 하나는 기사가 방금 들어온 창문이다. 들어올 때는 나쁘지 않은 선택이었던 것 같지만 지금 상태에서는 퇴로로서 그다지 현실성이 없다. 일단 창턱으로 가려면 공주가 오른손에 든 장검을 뛰어넘어야 한다. 그리고 창문으로 무사히 나간다고 해도, 탑이 높기 때문에 지상까지의 거리도 무척 멀다. 올라올 때 죽을 고생 한 걸 생각하면 기사는 온 길로 다시 가기는커녕 솔직히 그 창문 쪽은 쳐다보고 싶지도 않다. 한 팔을 못 쓰게 된 지금 같은 상황에서는 별로 현명한 선택이라 볼 수 없다. 게다가 내려가는 길에 용이 깨기라도 하면 그 길로 대략 망한다고 볼 수 있다.

그러면 남은 한 가지 퇴로는 공주의 방문이다. 문까지는 그냥 뒤돌아서 몇 걸음 뛰어가면 된다는 장점이 있다. 그러나 문을 통해서 나가려면 땅에 이르기까지 높은 탑 안에 나선형으로 배배 꼬인 수천 개의 계단을 두다다다 달려 내려가야만 한다.

기사는 달리기를 무척 싫어한다. 갑옷 입고 칼을 찬 차림새로는 무거워서 뛰기 힘들 뿐만 아니라 엄청나게 덜그럭거리는 게 기사 체면에 이만저만 신경 쓰이는 게 아니다. 그러나 앞을 막아선 공주의 장검을 물리치고 하늘 높이 솟아오른 탑 꼭대기에서 한 손으로 밧줄 한 줄기에 의지하여 용의 등짝을 향해 대롱대롱 내려가는 것보다는 멀쩡한 두 다리로 계단을 달려 내려가는 편이 낫겠다고 순간적으로 판단한다.

그리하여 돌아서서 도망가려다가 기사는 그래도 한 번 더 망설인다. 기사는 기사고 임무는 임무다. 여기까지 왔으면 공주를 어떻게든 처리해야만 한다. 하지만 이 공주, 도대체 어떻게 하면 좋단 말인가?

그때, 갑자기 탑이 우르릉, 흔들린다. 기사는 중심을 잃고 쓰러진다. 공주도 휘청거린다. 그러나 양손에 든 칼만은 놓지 않는다.

곧이어 창문으로부터 달걀이 썩는 듯한 냄새와 함께 뜨거운 기운이 확 끼쳐온다. 기사는 바닥에 쓰러진 채로 간신히 윗몸을 일으켜 고개를 돌리고 창 쪽을 바라본다. 창을 가득 채운 거대한 눈동자가 보인다. 고양이 눈처럼 가운데가 길고 검은 동공으로 갈라진 보라색 눈동자다. 기사와 시선이 마주치자 눈동자는 한 번 눈을 깜빡인다. 잠깐 덮였다가 다시 올라간 눈꺼풀은 눈 주위를 둘러싼 피부와 마찬가지로 타는 듯한 빨간색이다.

"용, 깼다."

공주가 말한다. 어쩐지 즐겁다는 듯이 웃는 공주의 표정이 기사는 이런 와중에도 신경에 거슬린다.

그 말에 대답이라도 하듯, 창밖의 눈동자, 그리고 그 나머지 부분인 용이 포효한다.

— 끼오오오오….

다시 탑 전체가 우르르 흔들린다. 멀미가 날 것 같아서 기사는 고개를 숙이고 방바닥에 몸을 착 붙인다.

포효와 진동이 멈추고 기사가 간신히 정신을 차렸을 때, 바닥에 붙인 얼굴 바로 옆에 칼이 콱, 내려꽂힌다. 기사는 흠칫 놀라 여전히 바닥에 착 달라붙은 채로 고개만 살그머니 들고 올려다본다. 공주는 장검 손잡이에 한 손을 얹고 그 위에 턱을 대고, 기사를 내려다보면서 빙글빙글 웃는다.

"내 손에 죽을래, 용한테 죽을래?"

기사는 공주의 얼굴과 장검의 칼날을 한참이나 번갈아 쳐다본다. 그리고 입을 열어 간신히 말한다.

"…옛정을 생각해서, 살려주시면 안 됩니까?"

공주는 잠시 생각한다. 그리고 입 끝을 한쪽만 올려 씨익 웃는다.

"옛정이라…."

그리고 공주는 왼손에 쥐었던 단검을 침대 쪽으로 내던진다. 바닥에 내리꽂았던 장검을 양손으로 잡아 뽑는다. 다행이다, 생각하며 기사는 몸을 조금 일으킨다.

"네가 말을 꺼냈으니 말인데."

공주가 양손으로 잡은 검의 칼끝이 다시 기사의 목을 향한다. 몸을 일으키려다가 그 칼끝에 밀려 기사는 옆으로 구른다. 얼굴을 위로 하고 똑바로 드러눕는다.

공주는 똑바로 누운 기사 위로 다가와 다시 칼을 겨눈다.

"아무래도 죽여야겠다."

공주는 아까처럼 입 끝을 한쪽만 올려서 씨익 웃는다.

창밖에서 이 모든 광경을 용의 커다란 짙은 보라색 눈동자가 지켜보고 있다. 공주는 잠깐 고개를 돌려 용의 눈동자를 쳐다본다. 공주와 시선이 마주치자 용은 마치 격려하듯 새빨간 눈꺼풀을 한 번 천천히 감았다 뜬다.

II

그러니까 말이 나왔으니 말인데 옛정으로 따지자면 공주와 기사는 철모르던 어린 시절 한때 연인이었다. 공주는 공주니까 대부분의 시간을 시녀들한테 둘러싸여서 갇혀 지냈고, 기사는 기사니까 대부분의 시간을 땀내 나는 남자들한테 둘러싸여 지냈고, 그래도 이차 성징이 발현하고 이성에 대한 관심이 고조되고 성호르몬이 넘실거리는 이팔청춘 좋은 나이는 누구에게나 찾아오고, 여차여차했으므로 서로 주위에 눈 맞을 이성이 달리 없는 상황에서 무슨 행사에 기사가 공주를 호위한다고 한 번만 따라가기라도 하면 그대로 눈은 맞게 마련이다. 그러나 또한 서로 사회적 지위와 체면을 생각하여 연애편지 한 번 못 쓰고 손 한 번 못 잡고 그저 다음번에 서로 호위하고 호위 당하는 '무슨 행사' 같은 건 또 언제 한 번 일어나나 그런 것만 목 빼고 기다리는, 순진하다면 순진하고 멍청하다면 멍청한 연애였다.

그러다가 연애편지는 여전히 안 썼지만 손도 잡고 뽀뽀도 해보게 된 것은 순전히 공주의 유모 덕이었다. 공주라면 누구나 마법을 쓸 줄 아는 요정 대모라든가, 뭐 거기까지는 아니더라도 특출나게 지혜롭고 현명한 유모가 하나쯤은 딸려 있게 마련이다. 더군다나 문제의 이 공주처럼, 아버지랑 어머니가 각각 서로 대대손손 못 잡아먹어 안달인 두 나라의 왕자 공주 출신이라 세계 평화를 위해 어쩔 수 없이 결혼은 했지만 그때나 지금이나 얼굴이라도 마주쳤다간 전쟁 날까 봐 서로 말도 안 하고 눈도 안 마주쳐서 도대체 애는 어떻게 낳았는지 신기할 지경인 집구석에서 태어나 자란 경우라면 왕위 물려받을 왕자도 아니고 계집애 하나 따위 키우는 데 신경 쓸 리도 없으니 유모는 필수다.

그리하여 공주의 유모 말인데, 이 유모는 나중에 알고 보니까 지혜롭고 현명하고 마술 비슷한 것도 어떻게 좀 쓸 줄 아는 특출난 인물이었지만 그런 사실을 알게 된 건 어디까지나 나중 일이고, 공주가 자라나는 동안에는 그냥 잠자는 걸 특출나게 좋아하는 특출나게 게으른 인물이었다. 최소한 공주는 그렇게 생각했다. 공주가 아직 아장아장 걷는 나이의 어린 아기였을 때부터도, 밤에 잠들기 전에 옛날얘기 해달라고 유모를 졸랐더니 '옛날 옛적에…'까지만 말해 놓고 나머지 얘기를 생각하다가 자기가 먼저 그대로 잠들어버리는 황당한 경우가 빈발하여 공주로 하여금 어린 마음에 더럽고 치사하니 하루빨리 스스로 글 읽는 법을 터득하여 듣고 싶은 옛날얘기가 있으면 직접 찾아 읽어야지 이 유모 믿다간 되는 일이 없겠다는 자력갱생의 의지를 심어준 일화가 있다.

일화로 따지면 그 외에도 많이 있지만 어쨌든 거의 전부 이런 종류였기 때문에 태어나서 처음으로 사랑에 빠져 어쩔 줄 몰라 하면서도 공주는 유모에게 아무 말도 하지 않았다. 그렇게 따지면 유모뿐만이 아니고 아무에게도 아무 말도 하지 않았는데, 이는 세상에 믿을 놈 하나도 없다는 건조한 어른들의 현실을 지나치게 어렸을 때 깨달아 몸에 뱄기 때문이기도 했지만 그보다는 출생 이래 공주가 아는 집구석 분위기는 언제나 상기한 바와 같이 대체로 살벌하여 남녀 간이건 가족 간이건 사랑 따위 보들보들 말랑말랑 달착지근하고 꿈결 같은 감정은 도대체 경험해본 역사가 없었기 때문에 지금 나의 머리와 가슴과 가끔은 허벅다리 안쪽을 휘감는 이 불꽃이 정녕 세균성 전염병인지 귀신의 장난인지 아니면 다른 무엇인지 알 수도 없고 그러므로 표현할 수도 없었다는 정서 바짝 메마른 정황 때문이기도 했다.

공주가 겪는 일이 무엇인지 공주 본인보다도 먼저 눈치 채고 먼저 입 밖에 내어 말해준 사람은 그러므로 위에 말한 대로 여러 가지 면에서 특출난 인물인 바로 그 유모였다. 해가 졌는데도 유모가 어딘가에 퍼질러 앉거나 누워서 공주보다 한참 먼저 코를 골고 있지 않았다는 특출난 정황 때문에 공주는 그 날의 앞뒤 사정을 또렷이 기억한다. 저녁밥을 먹자마자 어딘가에 퍼질러 잠들어버리는 대신에 유모는 안 졸리다는 공주를 억지로 침실로 데려가서 침대에다 욱여넣고 무거운 깃털 이불을 꽉 눌러 덮었다. 그리고 꼼짝도 못 하게 된 공주 위로 몸을 잔뜩 숙이고 이렇게 말했던 것이다.

"공주님, 그 호위무사 좋아하지유?"

그때 유모의 등 뒤로 커다랗게 열린 아치형 창문 밖에 아직 이른 밤의 짙은 쪽빛 하늘이 진한 물감처럼 흘러가고, 보는 사람의 눈까지 물들일 것 같은 그 남빛 사이로 반짝이는 수줍은 별빛과 함께 어린 반달이 살그머니 고개를 내밀어 밤바람에 한들한들 실려 가며 자신의 얼굴을 가만히 지켜보았던 것을 공주는 기억한다. 유모의 등 뒤로 열린 창밖의 한가로운 반달을 한 번 쳐다보고, 그리고 고개를 숙여 바짝 들이댄 유모의 쪼글쪼글한 얼굴을 한 번 들여다보고, 언제나 잠에 취해 세상만사 귀찮아하는 것 같던 그 낯익은 얼굴에서 어린 딸이 첫사랑을 시작했다는 사실을 알게 된 어머니들에게 흔히 나타나는 반쯤은 흐뭇해하고 반쯤은 근심에 찬, 그러니까 한마디로 모성(母性)이라는 것을 모처럼 발견하고 공주는 문제의 기사를 생각할 때와는 약간은 비슷한 종류의 보들보들하고 말랑말랑하고 따끈따끈하고 달콤한 기분을 느꼈지만 그것은 문제의 기사와 관련된 감정과는 달리 편안하고 포근하고 어쩐지 익숙했으므로 이번에는 당황하지 않고 침착했다.

공주는 얼른 대답하지 않았다. 이것은 무거운 이불 아래 코까지 파묻혀 있었기 때문이기도 했는데, 이불을 거기까지 덮어준 것은 바로 유모였으므로 공주가 자신의 연애사에 대하여 유모의 질문에 얼른 대답하지 않은 것은 절반쯤은 유모 자신의 책임도 있다 하지 않을 수 없지만 하여간 지금 그게 그렇게 중요한 건 아니다. 어쨌든 공주가 무거운 이불 아래에서 눈만 크게 뜨고 깜빡깜빡하자 유모가 다시 물었다.

"내가 그 무사님이랑 이어줄까유?"

"뭘 이어요?"

공주가 되물었으나 두꺼운 이불에 눌려 그 말은 '으엉 이어으?'처럼 들렸기 때문에 다시 똑똑히 말하기 위해서 이불을 턱 아래까지 밀어 내렸으나 유모는 어떻게 된 일인지 그 이불 밑에 짓눌린 '으엉 이어으?'가 무슨 뜻인지 귀신같이 알아듣고는 공주가 굳이 같은 질문을 되풀이하기 전에 이렇게 대답했다.

"그 왜, 서로 좋아하는 사람 둘이서 평생 죽을 때까지, 좋은 일이든 나쁜 일이든 언제나 함께한다는 그런 거, 있잖유."

'그런 거'라면 공주도 어렴풋이 알고는 있었다. 일단은 서로 눈도 안 마주치려 드는 아버지와 어머니가 '그런 거'로 매여서 죽지 못해 '언제나 함께하는' 중이었고, 일전에는 오빠가 또한 어떤 귀족 아가씨와 '그런 거' 때문에 화려한 옷을 차려입고 사제 앞에 서서 번쩍이는 반지를 서로 끼워주는 행사를 벌인 적이 있었다. 그때 입은 화려한 옷과 번쩍이는 반지와 불러온 사제와 행사를 구경한 사람들이 먹은 음식값 때문에 총리라고 했던가 대신이라고 했던가 뭐 그런 높은 사람들이 떼로 몰려와서는 오빠가 돈을 너무 많이 써서 금고에 남은 게 한 푼도 없으니 이 일을 어쩌면 좋겠냐고 징징대는 바람에 아버지와 어머니가 모처럼 한자리에 모였다가 또 궁궐의 대리석 천장이 훌렁 날아가도록 싸우는 소리가 멀리 떨어진 공주의 침실까지 들려왔다. 그러므로 이런 게 '그런 거'라면 별로 이어지고 싶지 않다고 공주는 생각했다. 지금 공주의 어리고 매끈매끈한 허벅다리 안쪽에서 비롯되어 건강한 욕망으로 맥박 치는 젊은 심장 안쪽까지 휘감아 흐르는 이 보들보들하고 말랑말랑하고 짜릿짜릿하고 따끈따끈하고 달착지근한 감정이 '그런 거'로 이어지는 순간부터 평생 서로 얼굴만 맞대면 잡아먹지 못해 안달하고 그러면서도 이어졌기 때문에 확 끊고 어디 먼 데로 혼자 가버리지도 못하는 '그런 거'라면 '그런 거' 따위 안 이어지는 편이 낫다, 평생 함께한다는 말에 조금은 설레지 않은 것도 아니었지만.

공주의 말에 유모는 조금 웃었다.

"그거, 꼭 그렇게 나쁜 것만도 아니유."

뭐가 어떻게 돼서 꼭 나쁜 것만은 아니라는 건지 설명해 줄 거라고 예상했으나 유모는 다시 쪼글쪼글한 얼굴을 조금 더 쪼글쪼글하게 만들며 웃음을 띨 뿐 더 이상 아무 말도 하지 않았다. 주름살과 웃음 때문에 더 작아진 유모의 눈을 보며 분명 지금쯤 잠이 오는 거라고 공주는 생각했다.

그러나 유모는 말했다.

"그 무사 양반한테도 살짝 알아봐유, 같은 마음인지. 둘이 같은 마음이면 내가 이어줄게유."

그리고 도대체 무슨 수로 '살짝 알아보'라는 건지 공주가 되묻기도 전에 유모는 이렇게 덧붙이고는 방을 나가버렸다.

"허기사 같은 마음이면 내가 안 나서도 저절로 이어지겠구먼."

III

일이 여기서 일단락되었다면 공주는 한편으로는 '그런 거'로 이어진다는 데 관하여 경험에서 기인하는 부정적인 의견을 타파하지 못하고 다른 한편으로는 기사의 마음이 어떠한지 '살짝 알아볼' 방법을 찾지 못해 혼자서 속만 태우다가 다른 모든 일이 그렇듯이 시간 지나면서 흐지부지 포기하거나 잊어버렸을 것이다. 그러나 이 시점에서 공주가 상당히 예상 가능한 절차를 거쳐 전혀 예상하지 못했던 인물과 갑작스럽게 '그런 거'로 '이어질' 가능성이 대두되었기 때문에 공주는 기사와 이어진다는 문제에 대해서 가능한 한 단시일 내에 뭔가 해결책을 찾아내야만 하겠다고 결심하게 되었다.

그러니까 그 예상 가능한 절차를 거쳐 다른 인물과 이어
진다는 것은 즉 이웃 나라에서 들어온 공주의 혼담이었다.
이웃치고는 거리도 좀 멀고 중간에 작지만 빽빽하게 우거
진 숲도 하나 가로막혀 있으니까 아주 친한 이웃이라고는
할 수 없지만 어쨌든 왕래가 아주 없지도 않은 나라인데 사
정인즉슨 그 나라의 왕이 나이 연로하여 이제 곧 죽게 되
었다. 그리하여 자기 죽기 전에 왕자가 결혼하는 모습을 보
아야만, 뭐 좀 더 욕심을 부리자면 떡두꺼비 같은 손주를
봐서 후계자까지 안아보아야만, 왕위를 물려주고 편히 눈
을 감겠다는 것이었다. 그러니까 적당한 나라의 적당한 공
주가 적당히 시집을 와주면 그 대가로 금은보화를 많이 안
겨주마고 그 언제 죽을지 모른다는 나이 많은 왕이 굳건히
약조를 했다는 것이었다.
　　그거야 그쪽 사정이고, 그 왕위 물려받게 생긴 왕자가
자기보다 네다섯 살이나 어리다는 소리를 듣고 공주는 어
이가 없었다. 공주 자신도 결혼 같은 걸 진지하게 생각하기
엔 좀 이른 거 아닌가 혼자 겁을 먹는 중인데 거기다 상대
방이 자기보다 네다섯 살이나 더 어리면 이건 갈 데 없이
그냥 애다. 알지도 못하는 어린애하고, 더구나 안 그래도
수상쩍게 여기는 '그런 거'로 이어져서 평생 서로 애물단지
로 여기면서 지지고 볶으며 죽을 때까지 그러고 살아야 한
다니 이건 저주가 따로 없지 않은가.

하지만 또 어머니나 아버지는 공주의 의견에는 일단 전혀 관심이 없고, 문제는 항상 그렇듯이 그냥 돈이라서, 총리니 대신이니 하는 사람들이 연거푸 찾아와서 몇 번이나 말했듯이 나라의 금고에 돈이 한 푼도 없다니까 만만한 공주를 팔아먹자는 건데, 그래도 명색이 공주 된 입장에서 집안의 운명 정도가 아니라 나라의 운명이 자기한테 걸렸다고 다들 심각하게 떠들어대니까 또 여기다 대고 공주는 아직 너무 어리고 좀 순진하기도 하고 그래서 뭐 어떻게 딱 부러지는 자기주장 같은 걸 할 수가 없었다는 것이다.

그렇게 어영부영 혼담이 진행이 돼서 내일모레면 그 알지도 못하는 적당히 먼 나라로 적당히 시집이라는 걸 가버려야 하는 때가 닥쳤을 때 공주는 그리하여 갈 때 가더라도 한 가지는 해결하고 가야겠다는 다급한 마음에 아주 고전적인 방식으로 기사가 지나가는 앞에서 지키고 서 있다가 불쑥 나타나서 손수건을 들입다 떨어뜨렸다. 그리고 주워주려고 무심코 몸을 숙인 기사에게 오늘 밤 달이 뜨거든 궁정 안뜰로 나오라고 소곤소곤 순식간에 내뱉고는 어리둥절한 기사를 뒤로하고 문제의 손수건 한 장쯤 바닥에 그대로 버린 채 혼자 총총히 사라져버렸다.

하여 기사는 이런 경우에 대체로 그러듯이 공주가 내버리고 간 손수건을 집어다가 소중히 간직했고 그래서 시키는 대로 달이 뜨자 궁정 안뜰로 나왔고 거기서는 또 공주가 아까부터 안절부절못하면서 기다리고 서 있다가 기사가 다가오는 모습을 보자마자 손수건 떨어뜨릴 때와 같은 기세로 들입다 이렇게 물었던 것이다.

"나랑 평생 이어질 마음 있어요?"

"예?"

영문을 모르는 기사가 어리둥절하여 되물었다. 공주는 좀 답답해져서 다시 물었다.

"있잖아요, 왜, '그런 거.' 좋을 때나 나쁠 때나 평생 영원히 함께, 남자랑 여자랑 뭐 그렇게 이어지는 거요."

기사의 표정이 조금 달라졌다. 기사는 공주에게 한 걸음 다가서서 말하기 시작했다.

"하지만 공주님, 공주님은 이제 얼마 안 있으면 다른 나라의 왕자님과 결혼을…."

"그러니까 묻잖아요."

이제는 무척 다급해진 공주가 말을 끊었다.

"시간 없으니까 빨리 대답해요. 나하고 이어질 마음 있어요, 없어요?"

기사는 다시 한 걸음 다가와서 공주의 얼굴에 자기 얼굴을 바짝 대고 들여다보았다. 잘못하면 뒤로 밀려서 넘어질 것 같다고 공주는 생각했다.

"…있습니다."

기사가 속삭이듯 대답했다.

"좋을 때나 나쁠 때나 영원히, 당신과 함께⋯."

기사는 더 뭐라고 말을 했던 것 같지만 공주는 여기까지 들었으니까 충분했다. 그 길로 기사의 손을 마주 잡고 유모가 가르쳐준 대로 붉은 실로 자신의 약지와 기사의 약지를 휘어 감았다.

유모의 말에 따르면 매듭을 단단히 지어야만 하는데, 가느다란 실을 한 손으로 잡고 매듭을 지으려니 영 말을 듣지 않았다. 기사가 좀 도와주면 좋을 텐데 제 흥에 겨워서 뭐라고 계속 소곤소곤 지껄이는 중이라 매듭 따위는 안중에도 없다. 머리 위로는 커다란 보름달이 천천히 까만 밤하늘을 가로질러 간다. 달이 완전히 하늘 꼭대기에 이르기 전에 매듭을 맺어야만 한다. 하늘과 손가락을 번갈아 쳐다보면서 공주는 바빴다.

그리고 막 어떻게 좀 매듭 비슷한 걸 지으려는 순간 저기 어디서 또 정체 모를 부스럭 소리가 들려왔기 때문에 기사는 공주를 끌어안고 적당히 주저앉아 적당히 숨었다. 부스럭 소리의 정체인 야간 경비병이 지나갈 때까지 두 젊은 남녀는 숨을 죽이고 서로 얼싸안고 있었는데 뭐 그러다가 서로 마음이 있는 젊은 남녀가 항용 그렇듯이 누가 먼저랄 것도 없이 서로 입술을 포개었다. 입맞춤은 달콤했고, 뜨거웠고, 상황이 상황이니만큼 조금은 서글프고 절박했고, 그러는 동안 머리 위에 뜬 달은 소리 없이 하늘 꼭대기에 이르렀다가 또 소리 없이 천천히 기울어 갔고, 죽을 때까지 평생 좋을 때나 나쁠 때나 공주와 기사의 운명을 이어주리라 맹세했던 약지의 붉은 실은 제대로 모양 잡혀 매듭을 지은 것도 아니고 그렇다고 또 그냥 다 풀어진 것도 아니고 어정쩡하게 엉킨 채로 손가락에서 스르르 흘러 떨어져서 공주와 기사가 정말로 영원을 걸어도 좋을 길고 긴 입맞춤 끝에 정신을 차리고 서로의 눈을 들여다보다가 또 다음번 야간 경비병이 지나가는 소리에 누가 먼저랄 것도 없이 주섬주섬 일어나서 서둘러 각자 자기 방으로 돌아간 다음에도 궁정 안뜰의 풀밭 어딘가에 떨어진 채 그대로 잊혀버렸기 때문에 공주가 다음 날 유모한테서 매듭 어쨌냐는 소리를 듣고서야 퍼뜩 생각이 났을 때는 이미 늦었다.

그리하여 공주는 그렇게 먼 나라로 시집을 갔다. 그리고 공주와 좋든 싫든 이어졌다기보다는 엉켜버린 기사는, 뭐 당사자는 자기가 그렇게 돼버린 걸 몰랐지만서도, 하여간 공주의 호위 무사가 되어 따라갔고, 기사가 갑옷 속에 고이 간직한 문제의 손수건도 함께 따라갔다.

그리하여 산 넘고 물 건너서 앞으로 결혼해서 살아가야 될 그 먼 나라에 도착해보니 상황은 공주가 생각했던 것보다 훨씬 더 개판이었다. 왕은 과연 들은 대로 연로했고 병세는 공주가 고향에서 들은 것보다 훨씬 위중하여 오늘내일하는 형국이라 손주 낳을 때까지 기다리기는커녕 결혼식이나 제대로 살아서 볼 수 있을지 의문이었고 따라서 결혼식 끝나면 주기로 한 공주의 나머지 몸값도 이 왕이 과연 제대로 치르고 죽을지 알 수 없다는 것이 공주를 따라온 신하들의 가장 큰 걱정거리였다. 공주 입장에서는 널모레 남편이 된다는 어린애가 과연 들은 대로 그냥 몸만 커다란 어린애더라는 사실만 해도 앞이 깜깜한데 거기다가 그 어린애의 엄마, 그러니까 현재 왕비에 공주 입장에서는 시어머니가 될 사람이 여간내기가 아니라는 사실이 더욱 불길하였다. 이 왕비는 나이가 아주 많은 왕에 비하면 아주 젊고 또 여전히 같은 여자가 봐도 눈이 튀어나오게 미인인데 거기다가 나이가 아주 많은 왕에게 아주 늦게 후계자를 안겨주었기 때문에 왕이 저 지경으로 고롱고롱 하기 전부터도 권세가 막강했는데 그러다가 왕이 자리에 눕고 나서는 아예 자기가 왕권을 잡고 흔드는 데다 어린 아들은 아주 아기 때서부터 치마폭에 감싸 키워놔서 자기 엄마 말이라면 어린애가 달게 자다가도 군말 없이 벌떡 일어나고 맛있게 먹던 밥도 고분고분 뱉어낼 지경으로 훈련을 시키는 데 성공했기 때문에 일각에서는 마녀라고까지 불리는 인물이었다. 물론 왕비 앞에서는 아니고 못 듣는 데서 그랬지만, 또 그렇게 왕비가 못 듣는 구석으로 가서 물어보면 진짜 마녀라는 둥 미약을 써서 나이 많은 왕을 유혹했다는 둥, 그렇게 따지면 왕이 제 나이보다 훨씬 늙고 병들게 된 것도, 한창

말 안 들을 나이의 왕자를 제 치마폭에 감싸고 주무르는 것도, 그게 다 마녀라서 남들은 알지 못하는 무슨 술수를 쓰기 때문이라는 얘기였는데, 공주는 결혼식 전에 자기만 빼고 다들 무지무지 바쁜 모양이라 챙겨주는 사람도 없고 심심하고 또 드디어 결혼이라는 걸 한다니까 여러모로 싱숭생숭하고 그래서 고국에서 유모가 잘 때 종종 그랬듯이 뭐나 좀 얻어먹을 거 있나 하고 부엌에 내려가서 왔다 갔다 하다가 시녀들이 이러고 수군거리는 얘기를 듣고는 앞뒤 없이 유모가 달빛 아래 매듭을 지으라던 게 생각이 나서 여자들은 다 어느 정도 나이가 들면 그런 비법이니 술수 같은 걸 하나둘쯤 알게 되는 걸까 뭐 그런 궁리를 좀 했었다.

어쨌든 아무리 시어머니 후보가 마녀고 남편감은 어린 애고 어쩌고 해도 여기까지 온 마당인 데다 친정이 금방 망할 지경으로 째지게 가난하다는데 이미 받은 돈을 뱉어낼 수도 없고 해서 공주는 그리하여 결혼이라는 것을 했다. 사제 앞에 화려한 옷을 입고 서서 '죽음이 두 사람을 갈라놓을 때까지 좋을 때나 나쁠 때나…' 하는 말을 들을 때는 보름달 뜬 밤의 궁정 안뜰이 떠올라서 문득 입술부터 심장 안쪽을 거쳐 다리 사이까지 한 번 화끈해지지 않은 것은 아니었지만 그래도 어쨌든 시치미 뚝 떼고 고분고분 '네에.' 하고 대답하고 명목상 남편이라는 어린애하고 형식상 입맞춤도 나누었다. 오늘내일한다던 왕은 결혼식 끝나고도 죽지 않아서 약속한 대금을 무사히 치렀고 그리하여 공주를 따라왔던 대신들은 희희낙락하며 돈주머니와 보석상자를 챙겨 고국으로 돌아가고 그러니까 공주는 낯선 나라에 혼자 남았을 것 같지만 정확히 말하자면 기사랑 딱 둘이 남았는데 이런 게 기실 더 위험한 법이다.

그러니까 여기서 공주가 남편이랑 시댁 사람들 몰래 기사랑 바람이 나는 게 정석이겠지만 웬일인지 사정은 또 그렇게 돌아가질 않았는데 왜냐하면 그러니까 공주의 남편, 어린애라고 무시했지만 어쨌든 왕이 죽으면 다음 왕이 될 테니까 현재로서는 황태자인 그 어린애가 다분히 어린애답지 않은 이유로 인해, 아니 뭐 어떻게 생각하면 아주 어린애다운 것도 같지만, 아무튼 공주와 열렬히 사랑에 빠져버렸기 때문이다.

열네다섯 살 되는 남자애답게 몸은 다 큰 어른인 것처럼 보여도 말하는 거나 행동이나 이런 건 아직 어린애고 그러니까 결론적으로 말하자면 머릿속에 아무 생각이 없다. 이런 어린애가 남편인 데다 또 자기 엄마한테 훈련을 엄청나게 철저히 받아서 처음에는 공주를 대하는 것도 그렇고 어째 앞날이 불길하기 짝이 없었는데 아무래도 열네다섯 살 된 남자애다 보니까 첫날밤을 한 번 치르고 나더니 태도가 싹 바뀌더라는 것이다. 거기다 또 아무리 명목상이라지만 일단은 부부이다 보니까 첫날밤만 같이 자는 게 아니고 계속

같이 자는 게 법도인데 그래서 공주는 어쨌든 결혼한 사이고 식도 올렸으니 함부로 거절할 계제도 아닌 것 같고 달리 뾰족한 핑곗거리도 없고 해서 하자는 대로 해줬기 때문에 몇 번 그러고 나니까 이 열네다섯 살 된 남자애는 그 나이 또래 어린 남자애답게 그야말로 몸 바쳐, 그리고 다음 순서로는 마음을 바쳐, 공주를 진짜로 좋아하게 되어버린 것이었다.

이렇게 되면 결혼하기 전에 기사하고 보름달 뜨는 밤에 빨간 실 매듭 뭐 이런 거 하고는 문제가 좀 많이 달라지는 것이, 일단 어리기는 해도 남편이라는 사람이 자기를 정신없이 좋아한다는데 공주로서도 그게 딱히 싫은 일은 아니었을뿐더러, 현실적인 문제로 이 어린애가 가는 데마다 공주를 데리고 다니려고 들고 또 공주가 가는 데라면 측간 빼고는 전부 쫓아오려고 들었는데 그 어린애가 사실상 넬모레 왕위 물려받게 생긴 황태자이다 보니까 시키는 대로 안 할 수도 없고, 덧붙여서 거기가 자기 집도 아니고 낯설고 물선 딴 나라이기도 하고 그러다 보니까 공주는 처음 몇 달이 지나 좀 익숙해질 때까지는 말 그대로 정신이 하나도 없었다는 것이다. 그래 어느 정도로 정신이 없었냐 하면 안 듣는 데서 다들 마녀라고 하는 그 왕비가 스리슬쩍 기사를 꼬셔다가 같이 자는 사이가 돼버린 걸 그러니까 하늘도 알고 땅도 알고 궁정의 시녀와 시종들도 다 알고 있었는데 공주하고 공주의 남편하고 그리고 이런 일이 있을 때면 언제나 그렇듯이 왕비의 남편인 그 연로하여 앓아누운 왕하고 이렇게 셋이서만 감쪽같이 몰랐던 것이다.

그러면 또 그 왕비는 남편은 앓아눕고 아들은 장가갔고 혼자 심심하니까 소일거리로 기사를 꼬셨느냐 하면 그건 절대로 아니고 사실은 믿고 있던 아들 녀석이 장가를 들더니 마누라한테 푹 빠져서 헤어나오지를 못하는 게 티는 안 냈지만 은근히 무척 괘씸했더란 말이지. 그리하여 이제까지 하던 방식대로 하자면 공주가 먹는 음식이나 입는 옷에 슬쩍 독약 같은 거 집어넣고 기다렸겠지만 그 괘씸한 며느리를 아침부터 저녁까지 따라다니면서 밥도 같이 먹고 잠도 같이 자고 틈만 나면 손잡고 뽀뽀하고 비벼대는 것이 바로 하나뿐인 자기 아들내미이다 보니까 함부로 약 같은 거 쓸 수도 없고, 그러니까 꼴 보기 싫은 며느리 가까이 있는 인물들 중에서 만만해 보이는 기사를 점찍어서 자기 말 잘 듣게 적당히 꼬여둔 후에 어느 날 기회 봐서 공주를 살짝 불러내서, 여기까지만 들으면 유모가 공주한테 기사를 살짝 불러내라고 했던 게 생각이 나서 대체 어떻게 불러내라는 건지 궁금해지지만 그게 중요한 게 아니고, 살짝 불러내서, 살짝 죽여버리라고 할 생각이었던 것이다. 그리고 앓아누웠던 왕이 드디어 숨을 거두어서 공주에게 푹 빠진 왕자가 그대로 왕위에 오르게 생겨버렸기 때문에 계획은 예상보다 앞당겨

실행하지 않을 수 없었는데 여기서 처음부터 끝까지 주효하게 약발이 먹혔던 게 바로 공주가 처음 기사를 '살짝 불러낼' 때 들입다 떨어뜨린 다음에 그대로 버려버리고 두 번 다시 생각조차 하지 않았던 바로 그 손수건이었다.

이때의 여자들이 쓰는 이런 비법이나 마법이라는 게 결국은 다른 사람의 마음을 움직여 내가 원하는 대로 행동하게 한다는 목적인데 그런 술법을 행할 때 가장 유용한 것이 내가 움직이고자 하는 사람의 마음이 스민 물건이기 때문이다. 게다가 이 왕비의 경우 같으면 움직이고자 하는 사람과 그 사람을 움직여 없애버리고자 하는 사람의 마음이 조금씩이나마 동시에 스며 있으니 이 아니 좋으냐 말이다. 뭐 왕비야 처음에는 그런 자세한 속사정까지 몰랐지만 어쨌든 적당한 인물로 기사를 점찍은 후에 가만히 보니까 어째 여자 손수건같이 생긴 레이스 달리고 수놓인 물건을 항상 가지고 다니면서 신줏단지 모시듯 하길래 손수건이라는 건 아무리 잘 모셔도 더러워지면 빨아야 하는 물건이니 빨랫줄에 널렸을 때 시녀 하나를 시켜서 슬쩍 집어오게 해서는 보통 마녀들이 하듯이 개구리 뒷다리와 생쥐 꼬리와 까마귀 깃털과 기타 등등 구역질 나는 재료를 부글부글 끓는 재료 미상의 약물 속에 던져넣고 마지막에 문제의 손수건도 처넣은 뒤에 수리수리 마하수리를 외운 결과 울긋불긋한 연기가 폭폭 피어오르고 그 뒤로 기사는 손수건을 주웠을 때 공주에 대해서 가지고 있던 마음을 바로 그 수리수리 마하수리 주문을 외운 왕비에 대해서 가지게 되었더라는 것이었다. 반대로 공주에 대해서는 수리수리 마하수리 주문이 떨어지기 전에 왕비에 대해서 가지고 있던 감정을 가지게 되었고. 그러니까 왕비가 그 아름다운 눈에 눈물을 하나 가득 담아서는 그렁그렁 해가지고 기사를 애처롭게 쳐다보면서 공주를 꼭 죽여달라고 부탁했을 때 기사는 자기가 무슨 소리 하는지도 모르면서 당신의 명령이라면 목숨 걸고 무엇이든 따르겠다고 맹세를 해버렸던 것이다.

그리하여 죽은 왕의 시신은 장례 치르려고 호화찬란한 관에 넣어서 공주로서는 절대로 이해할 수 없는 일이지만 왕궁 입구에다가 전시를 해놓고 장례만 치르고 나면 즉위식도 연이어 치러서 공주의 남편은 곧 왕이 되고 공주는 왕비가 되려는 마당인데 기사가 어느 날 저녁에 이제 밥 다 먹고 하루 일과 마쳤으니 침실로 가서 자야겠다 하는 공주한테 고국에서 무슨 급한 전갈이 왔다고 그것도 공주의 남편인 아직은 왕자가 보는 앞에서 불러냈던 것이다. 공주야 아무것도 모르고 기사는 자기가 믿는 사람이니까 불러내는 대로 따라 나갔고, 왕자는 공주랑 기사가 자기 나라 말로 이야기하니까 못 알아듣고 두릿두릿하고 서 있다가 공주가 친정에서 무슨 소식이 온 모양이라니까 의심 없이 내보냈고, 하여 기사가 가자는 대로, 더 정확히 말하자면 왕비가 계획해둔 대로 처음에는 한참을 걸어서, 그다음에는 적당한 곳에 매어둔 말을 타고 한참을 또 달려나가서, 오밤중에 궁성의 불빛도 잘 보이지 않을 정도로 멀어진 후에야 공주가 어딘지 의심스러워져서 대체 무슨 일이냐고 재우쳐 묻기 시작할 때쯤 기사는 불시에 공주의 목을 향해 칼을 겨누었던 것이다.

그리하여 공주는 깜짝 놀랐고, 그 때문에 기사 뒤에 타고 있다가 말에서 떨어졌고, 기사도 따라서 말에서 내려서 쫓아가면서 칼을 휘둘렀고, 공주는 영문도 모르면서 피했고, 지금 뭐 하는 거냐고, 도대체 왜 이러는 거냐고 아무리 소리 질러봤자 기사는 바빠 죽겠는데 자세한 걸 설명할 여유 없으니까 왕비님의 명령이고 네 죄는 네가 알렷다, 류의 대답밖에 안 해주고, 말은 겁을 먹고 앞발 쳐들고 히힝히힝 울고, 설상가상으로 천둥번개가 우르릉 꽝꽝 치더니 비가 퍼붓기 시작했고, 그렇게 깜깜한 밤에 얼음장 같은 비를 맞으면서 나무둥치라든가 덤불숲 같은 델 쫓고 쫓기면서 뺑뺑 돌다가 공주는 어떻게 어떻게 도로 말을 집어 타고 휑하니 달아나버렸다. 기사는 사방 깜깜한데 말까지 뺏겼으니 쫓아갈 수도 없는 노릇이라 닭 쫓던 개처럼 그러고 보고 있다가 그냥 터덜터덜 걸어서 궁으로 돌아왔고.

그때, 그러니까 기사가 휘두른 칼끝이 공주의 몸을 스쳐서 피가 났을 때, 쫓고 쫓기다가 공주를 붙잡으려고 기사가 팔을 뻗어서 공주의 몸에서 흘러나온 피가 기사의 몸에 닿았을 때, 기사의 마음속에는 이거 뭔가 크게 잘못된 거 같다는 생각이, 제대로 모양 잡힌 생각이라기보다는 그냥 느낌이, 그나마 어렴풋이 떠오를 뻔도 하였다. 그러나 이어서 내린 갑작스러운 폭우가 그 피를 씻어버렸고, 그리하여 기사의 마음은 다시 그대로 폭우가 내리는 밤처럼 깜깜하게 흐려져버렸던 것이다.

IV

그렇게 말을 집어 타고 도망쳐서 공주는 몇 날 며칠을 먹지도 자지도 않고 밤낮으로 달린 끝에 자기 나라에 도착했다. 길도 잘 모르는 처지에 무식하게 내달리기보다 일단 왕궁으로 돌아가는 게 낫지 않겠나 뭐 이런 생각도 잠깐 안 했던 건 아닌데 자기한테 칼을 겨눌 때 기사의 표정과 거기에 더하여 왕비님의 명령이라는 말을 듣고 보니 논리적으로 정확히 설명할 수는 없지만 하여간 그 왕궁에 다시 돌아갔다간 딱 그대로 죽을 것 같았다. 하여 말이 지쳐 쓰러질 때까지 달려서 국경을 넘긴 넘었는데 하필 오밤중에 옆 나라와 경계를 이루는 깜깜한 숲 속에서 말이 쓰러져 그대로 죽어버리는 바람에 공주는 내려서 걷지 않을 수 없었다. 이번에는 하늘이 맑았고, 언젠가 기사를 불러내어 다 묶지 못한 매듭을 손가락에 맺었을 때처럼 보름달이 둥실 떠 있었다. 깊고 깜깜한 숲 속을 어렴풋이 비추는 그 연약한 달빛 아래서 공주는 비로소 자신이 기사의 칼에 베이고 찔려서 몸 여기저기 상처가 났다는 사실을 깨달았다. 멈추어 서서 팔다리를 살피다가 공주는 갑자기 하복부를 덮쳐오는 통증에 그대로 쓰러졌다. 땅에 아무렇게나 웅크리고 끙끙대며 배에서 허리께를 길게 베이긴 했지만 그래도 이렇게까지 아플 만큼 깊은 상처는 아닌데, 하고 공주는 생각했다. 곧 아무 생각도 할 수 없을 만큼 배는 점점 더 아파졌고, 그와 함께 아랫도리가 축축하게 젖었다. 공주는 그대로 웅크린 채 다리 사이를 만져보았다. 달빛 아래 쳐든 손에는 검붉은 액체가 잔뜩 묻어 있었다. 고통으로 의식이 가물가물해지는 와중에 공주는 가진 줄도 몰랐던 아이가 태어나지도 못하고 죽었다는 사실을 깨달았다. 말도 죽었고, 아이도 죽었고, 그리고 내가 세 번째 시체가 되겠구나. 정신을 잃기 전에 공주는 마지막으로 그렇게 생각했는데 그렇게 생각만 하고 그대로 까무러쳐버렸기 때문에 그게 그냥 그렇다는 거지 뭐 그래서 슬프다거나 무섭다거나 이런 것까지는 길게 생각할 여유가 없었다.

깨어났을 때는 숲지기의 오두막이었다. 그리고 공주의 차림새, 그러니까 더러워지고 찢어지긴 했어도 풍성하고 고급스러운 옷감으로 섬세하게 지은 옷이라든가 귀에는 귀걸이 목에는 목걸이 손가락에는 반지 손목에는 팔찌에 허리에 찬 허리띠가 모두 금은보석을 박은 값비싼 물건이라든가 이런 걸 본 숲지기가 처음에는 귀중품만 싹 걷어내고 시체는 어디 아무도 모르게 버릴까 하다가 공주가 신음소리를 내고 몸도 좀 움직이는 걸 보고 망설이다가 마누라를 불러와서 의견을 물었는데 마누라가 어디 귀한 집 따님 같으니 함부로 대하는 것보다는 성에 보고해서 집에 돌려보내고 보상금을 듬뿍 요구하는 게 좋겠다고 했기 때문에 숲지기도 다시 생각하니까 그러는 편이 여러모로 더 안전하고 기분도 덜 나쁠 것 같기도 해서 일단 자기 집에 눕혀놓고 가까운 성의 성주님에게 보고를 넣었기 때문에 병사들이 와서 그 성으로 공주를 실어갔는데 또 가서 보니까 그 성주님은 공주가 공주라는 걸 알아봤기 때문에 황급히 의사를 데려다 대충 치료하고 왕궁으로 실어가서 공주는 시간도 좀 오래 걸리고 우여곡절도 좀 많이 겪었지만 어쨌든 무사히 친정으로 돌아왔다. 그런데 궁궐로 돌아와보니까 공주가 숲에서 기절하고 숲지기의 집에서 국경 부근 성주님의 성에서 어쩌고 하여 시간을 지체하는 사이에 공주보다 먼저 곧장 이쪽 왕궁으로 온 기사가 공주가 시아버지인 왕이 죽자마자 도망쳤으니 저쪽 왕궁에서 공주를 찾아내든지 아니면 결혼할 때 받은 몸값을 몽땅 도로 뱉어내지 않으면 쳐들어올 기세라고 엄포를 놓았기 때문에 왕국 안에는 대충 수배령이 떨어지고 그래서 어머니와 아버지는 공주가 하는 말은 들으려고 하지도 않고 일단은 며칠만 쉬었다가 여행할 수 있을 정도로 몸이 좀 나아지면 무조건 붙잡아다가 도로 실어서 시집으로 보내버리기로 했던 것이다. 그리하여 오랜만에 자기 침대로 돌아오기는 했지만 꼼짝달싹 못 하는 처지가 되어서 공주는 처음으로 울었다.

기사가 칼을 겨누었을 때도, 말을 타고 혼자 정신없이 도망칠 때도, 아이가 죽었다는 것을 알았을 때도 공주는 울지 않았다. 그러나 도로 돌아가라는 부모의 말을 듣고 태연자약한 기사의 얼굴을 보았을 때 자기도 모르게 울음이 터져 나왔다. 그리고 공주가 울었기 때문에 아무리 설명을 해도 아무도 믿어주지 않았다. 여자가 처음 임신을 하면 정신이 이상해질 수도 있다고, 아마 갑자기 도망을 친 것도 그때문일 것이고, 지금 울면서 히스테리를 부리는 것은 연이은 임신과 유산의 충격 때문이니 주위 사람들이 이해해주어야 한다고 어의(御醫)가 진지하게 말하자 모두 진지하게 고개를 끄덕이는데 공주는 그 모습을 보니 속이 터져서 죽을 지경이라 그치려던 울음이 도로 나와버렸다.

공주의 말을 믿어준 유일한 사람은 얼굴이 더 쪼글쪼글해지고 잠이 더 많아진 유모였다. 공주가 펑펑 울면서 사건의 전말을 털어놓는 것을 유모는 아무 말도 하지 않고 끝까지 다 들었다.

"유모도 내 말 안 믿죠?"

공주가 여전히 흐느끼면서 물었다.

"유모도 내가 정신이 이상해졌다고 생각하죠?"

유모는 대답하지 않았다. 하필 이런 결정적인 순간에 또 잠이 든 건가, 하지만 안 믿어주는 것보다는 차라리 자는 게 낫다고 공주가 생각하는데 유모가 갑자기 말했다.

"여자는 자기 몸을 지킬 줄 알아야 하는 법이유."

"그게 무슨 말이에요?"

공주가 울음을 조금 그치고 물었다. 여전히 뺨으로는 남은 눈물이 한두 방울씩 굴러떨어졌다.

유모는 그대로 아무 말도 하지 않았다. 역시 잠이 든 게 틀림없다고 공주가 생각한 순간 유모가 입을 열었다.

"이건 정말, 정말로 급할 때만 쓰게유."

그리고 유모가 공주에게 가르쳐준 것이 붉은 용을 부르는 소환술이었다.

V

마녀라 불리는 시어머니와 물정 모르는 어린 남편이 기다리는 시집을 향해 다시 떠나던 날에 공주는 침대에 누운 채로 마차에 실리면서 아무 말도 하지 않았다. 마차가 출발했다. 흔들흔들하면서 이틀 밤 이틀 낮을 실려 가다가 말의 사체와 태어나지 못한 아이의 시체가 여전히 어딘가에 누워 있을 국경 근처의 숲에 도착했을 때 공주의 명으로 마차가 멈추었다. 시종이 기사에게 좀 와달라는 공주의 명을 전달했다. 기사가 말머리를 돌려 마차 창문 곁으로 다가왔다. 마차 안에 힘없이 누운 채로 공주는 창밖에서 무심히 들여다보는 기사에게 나지막한 목소리로 물었다.

"도대체 무슨 속셈이냐?"

"무슨 말씀이십니까?"

기사가 정중하지만 무표정하게 되물었다.

공주가 다시 말했다.

"무슨 말씀이긴, 몰라서 물어?"

기사는 이번에는 대답하지 않았다. 여전히 무표정한 얼굴로 다시 말머리를 돌려 행렬의 앞쪽으로 돌아가려 했다. 공주가 목소리를 높여서 불쑥 물었다.

"어째서 날 죽이려는 거야?"

기사는 주위를 둘러보았다. 호기심 어린 표정으로 돌아보는 시종들을 손짓으로 물리쳤다. 그리고 창문 쪽으로 몸을 기울이고 역시나 나지막한 목소리로 말했다.

"마녀를 처단하라는 내 왕비님의 명을 받았다."

그리고 기사는 입꼬리를 조금 움직여 씨익 웃었다.

공주가 몸을 일으켜 유모에게 배운 붉은 용의 소환 비법을 써버린 것은 그 미소 때문이었다. 아니, 더 정확히 말하자면, 그냥 왕비가 아니라 '내 왕비님'이라고 말했을 때 기사의 눈빛 때문이었다.

VI

그리하여 이야기는 다시 붉은 용이 지키는 높은 탑으로 돌아왔다. 기사는 여전히 공주의 발치에 똑바로 누워 있고, 공주는 여전히 칼끝을 기사의 목에 겨누고 있다. 그리고 창밖에서는 여전히 붉은 용이 보라색 눈동자를 창가에 대고 이 모든 정경을 지켜보고 있다. 붉은 용이 공주를 향해, 보라색 눈동자를 덮는 새빨간 눈꺼풀을 격려하듯이 천천히 한 번 깜빡인다.

그러자 공주는 결심한 듯 칼을 조금 치켜든다. 흔히 상상하듯이 멋을 부려서 머리 위로 높이 치켜드는 게 아니고, 실내에서 그런 짓을 했다가는 천장이 그렇게까지 높지 않아서 칼끝이 걸릴 수도 있기 때문에, 효율성을 고려하여 기사의 목을 치는 데 필요할 정도로만 살짝 치켜든다. 그리고 내리친다.

공주가 검을 내리쳤을 때 기사는 칼날을 피해 몸을 굴린다. 칼의 반대쪽으로 피하는 게 아니고 칼이 오는 쪽, 그러니까 공주의 발치를 향해 몸을 굴린다. 칼날은 기사의 어깨에 부딪힌다. 기사는 공주의 발목에 부딪힌다. 공주는 중심을 잃고 뒤쪽으로 비틀거린다. 그러다가 칼을 놓친다. 기사의 등 뒤로 넘어간 칼을 한 팔로 뿌리치며 기사가 일어선다. 공주와 한 덩어리가 되어 뒤에 있던 침대 위로 쓰러진다. 공주는 기사에게 밀려 침대로 쓰러져 허우적거리다가 베개 위에 내던져두었던 단검을 잡는다. 기사는 공주가 팔을 뻗어 단검을 잡은 손을 잡는다. 아까 공주의 칼에 맞아서 다쳤던 팔이다. 갑자기 힘주어 움직이는 바람에 상처가 다시 터져서 피가 또 흐른다. 그러나 지금 기사에게 그런 것은 중요하지 않다. 기사의 신경은 온통 공주의 칼에 가 있다.

한편 공주가 잡은 것은 단검의 손잡이가 아니라 칼날이다. 아까 침대 위로 아무렇게나 내던진 걸 자기도 침대 위로 아무렇게나 쓰러지면서 아무렇게나 잡다 보니 그렇게 된 것이다. 기사가 단검의 손잡이를 잡는다. 공주가 얼른 칼날을 움켜쥔다. 날이 공주의 손바닥으로 파고든다. 공주의 오른손이 피투성이가 된다. 그 피가 기사의 왼손에 닿는다. 아까 다친 팔뚝에서 흘러내려 온 피가 공주의 오른손에서 흘러나온 피와 닿으며 기사의 왼손 위에서 섞인다.

그리고 기사는 문득 단검의 손잡이를 잡은 손을 놓았다.

"…공주님?"

여전히 침대 위에 기묘한 자세로 공주를 깔고 엎드린 채 기사가 방금 꿈에서 깬 것 같은 멍청한 표정으로 물었다.

물론 그런다고 공주가 다정하게 대답해줄 리는 없다. 대답 대신 공주는 몸을 꿈틀거리며 팔을 좀 더 뻗어서 단검을 더 꽉 움켜쥔다. 베개가 온통 피투성이가 된다.

공주가 꿈틀거리자 기사는 당황하며 황급히 몸을 일으킨다. 침대에서 한 발 물러선다. 주위를 둘러본다.

"어, 어떻게 된 겁니까?"

한참이나 망연자실한 표정으로 사방을 둘러보다가 기사가 마침내 묻는다.

공주는 여전히 대답하지 않는다. 다친 오른손으로 단검을 집어 왼손으로 옮겨 잡는다. 그리고 조심스럽게 몸을 일으킨다.

— 저 기사, 마법이 풀린 모양인데?

창밖에서 용이 말한다. 그 목소리와 함께 달걀 썩는 냄새와 끓는 냄비에서 나오는 듯한 뜨거운 기운이 창문을 통해 더 강하게 끼쳐온다. 기사는 자기도 모르게 고개를 돌리며 팔로 얼굴을 가린다. 공주는 익숙하다는 듯, 태연하다.

"그래서 어쩌라고?"

공주가 여전히 왼손에 단검을 꽉 쥔 채 기사에게서 시선을 떼지 않고 말한다.

"상황을 이렇게 만들어놓고 자기 혼자 마법 풀리면 다야?"

기사가 팔로 가렸던 얼굴을 간신히 공주 쪽으로 돌리고 다시 묻는다.

"무슨 일입니까? 제가 왜…."

말하다 말고 기사의 표정이 변한다. 공주를 멍하니 쳐다보는 기사의 눈이 점점 커진다.

"그러니까…. 제가…? 제가, 정말로…?"

기사의 얼굴을 지켜보면서 공주가 다시 용에게 말한다.

"기억을 못 하는 건 아닌가 보네?"

— 감정만 변하니까. 기억하고는 상관없거든.

창밖에서 용이 대답한다. 다시 뜨거운 기운과 유황 냄새가 훅 끼쳐 온다. 기사는 견디지 못하고 아까처럼 팔로 막으면서 고개를 돌린다. 공주가 의심스럽다는 표정으로 중얼거린다.

"그럴 수도 있나? 기억이 그대론데?"

— 그런 마법이야.

창밖에서 용이 간단하게 대답한다. 유황 냄새와 열기가 방 안을 가득 채운다.

그리고 거대한 보라색 눈동자가 공주에게 묻는다.

— 그래서, 어떻게 할 거야? 죽일 거야?

말하면서, 세로로 갈라진 동공이 즐겁다는 듯이 조금 가늘어진다.

— 어차피 죽일 거면, 내가 먹어도 돼?

"글쎄."

공주가 못마땅하다는 표정으로 중얼거린다.

기사가 다시 팔을 조금 내리고 유황 냄새와 열기 속에서 간신히 고개를 든다.

"공주님."

기사가 유황 연기 때문에 콜록콜록 기침을 하면서 말한다. 그리고 천천히 무릎을 꿇는다. 고개를 깊이 숙인다.

"비록 마법에 걸려 정신을 잃었다고는 하나, 공주님을 수호하는 본분을 어기고 책임을 다하지 못한 죄, 크고도 무겁습니다…. 공주님의 처분대로 하겠습니다."

"놀고 있네."

공주가 여전히 못마땅하다는 표정으로 내뱉는다.

— 나 줘.

창밖에서 용이 조른다.

— 내가 먹을게.

"됐어."

공주가 쏘아붙인다. 거대한 보라색 눈동자가 섭섭하다는 듯 한 번 깜빡인다.

그리고 공주는 기사에게 다가간다. 기사는 고개를 더 깊이 숙인다.

공주는 들고 있던 단검으로 기사의 어깨를 툭툭 친다.

칼날이 갑옷에 부딪혀 딱, 딱, 하는 소리가 난다.

"일어나."

공주가 귀찮다는 듯이 말한다.

"가라."

기사가 고개를 든다. 의아하다는 표정이다. 공주가 문 쪽으로 턱짓을 하면서 다시 말한다.

"가라고. 가서 네 왕비랑 잘 먹고 잘 살아."

그리고 덧붙인다.

"부탁인데, 다시는 내 눈앞에 나타나지 마라."

기사는 여전히 어리둥절한 얼굴로 공주를 쳐다본다. 공주가 짜증을 낸다.

"가라는 말 안 들리냐? 용한테 먹으라고 할까?"

그제야 기사는 허겁지겁 일어난다.

그러나 방문을 나서려다가 기사는 돌아선다. 머뭇거린다.

"공주님…."

"아, 거 진짜 말 안 듣네."

기사가 뭐라고 더 말을 잇기 전에 공주가 투덜거린다. 그리고 들고 있던 단검을 던진다. 칼은 쉭, 소리를 내며 방 안을 가로질러 날아가서 기사의 얼굴 바로 옆을 지나 벽에 박힌다.

기사는 흠칫 놀라며 한 걸음 뒤로 물러선다. 그러나 방에서 나가지는 않는다. 대신 더 애절한 표정이 되어 다시 입을 연다.

"공주님, 전…."

"너도 네 사정이 있었다는 건 나도 알아. 나도 그건 알고…."

공주가 기사의 말을 막는다. 시선은 똑바로 기사의 얼굴을 향한 채 바닥에 뒹구는 장검 쪽을 향해 천천히 조금씩 움직이면서 공주가 말한다.

"다 이해하려고 했어. 이해하려고 했는데…."

기사는 그대로 선 채 공주를 바라보며 움직이지 않는다. 공주가 여전히 시선은 기사의 얼굴에 박은 채 몸을 조금씩 숙여 장검을 집어 들어 손잡이를 쥐고 칼끝을 바닥에 박아 검을 지팡이처럼 짚은 채 삐뚜름하게 서서 속삭이듯이 낮게 중얼거렸다.

"한 번은 그럴 수 있다 치고, 넘어가려고 했는데…. 너 나 잡으러 쫓아왔잖아."

"그건…."

기사가 고개를 들고 뭔가 말하려 했다. 그러나 공주가 다시 말을 막았다.

"쫓아와서 내 부모님, 내 사람들 앞에서 날 정신병자로 만들었잖아. 너 때문에 말도 죽고, 아이도 죽고, 나도 죽을 뻔했는데…."

그리고 공주는 조금 웃었다.

"이상하지? 아이가 죽은 건 별로 안 슬픈데, 그 말이 죽은 건 아직도 가끔 생각나서 가슴이 아파. 왜 그럴까?"

공주는 왼손으로 장검의 손잡이를 고쳐 쥐고 영차, 소리를 내며 힘주어 바닥에서 뽑아들었다. 왼손으로 장검을 들었다가, 무거운 듯 다친 오른손으로 받쳐 들고 칼날을 들여다보았다.

"…죽이실 겁니까?"

기사가 대답 대신 물었다.

창밖에서 용이 하아, 하고 작게 한숨을 쉬었다. 유황 냄새와 열기가 훅 끼쳐 오고, 기대에 찬 보라색 눈동자가 새빨간 눈꺼풀을 깜빡였다.

공주는 다시 조금 웃었다. 고개를 저었다. 그리고 칼끝을 기사의 목을 향해 똑바로 겨누었다.

"그런 건 아닌데…. 지금 이 모습, 확실히 기억해두라고."

공주는 칼끝을 겨눈 채로 기사를 향해 한 걸음 다가섰다. 기사는 움직이지 않았다.

"옛날에 좋아했든, 마법에 걸렸다 풀렸든, 뭐가 어찌 됐든 간에, 난 이제 누가 뭐래도 너 못 믿는다."

공주는 기사를 향해 다시 한 걸음 더 다가섰다.

"그러니까, 내 앞에 다시 나타나면, 죽인다."

공주가 또 한 걸음 다가섰다. 칼끝이 기사의 견갑에 닿았다. 금속과 금속이 부딪치는 메마른 소리가 낮게 울렸다.

"가."

공주가 짧게 말했다.

기사는 천천히 고개를 숙였다. 작별의 인사 뒤에 기사는 조용히 방문 밖으로 사라졌다. 방문이 닫혔다.

계단을 내려가며 갑옷의 부분 부분이 서로 부딪치는 소리가 텅, 텅하고 들려오기 시작했을 때에야, 공주는 조금 웃었다. 그리고 들고 있던 칼을 내렸다.

VII

기사가 가버린 뒤에도 공주는 장검과 단검을 옆에 놓고 다친 오른손을 왼손으로 감싸고 침대에 앉아 오랫동안 창밖의 용과 이야기했다.

— 아깝다. 나 주지.

용이 투덜거렸다.

"미안해."

공주가 달랬다.

— 다시 나타날 거야. 그땐 나 줘.

용이 말했다.

"설마 다시 오겠어? 자기도 염치나 체면이라는 게 있을 텐데."

공주가 반박했다.

— 꼭 여기가 아니더라도, 언젠가 다시 네 앞에 나타날 거야.

용이 대답했다. 공주는 짜증을 냈다.

"그걸 네가 어떻게 알아?"

— 너랑 이어졌거든.

용이 간단하게 설명했다.

"이어지다니?"

공주가 되물었다. 그리고 물은 순간 생각났다는 듯, 눈살을 찌푸렸다.

"아, 그 실….."

창밖에서 용이 고개를 끄덕였다. 창 안쪽에서 보면 거대한 보라색 눈동자가 내려갔다 올라갔다 했다.

— 그때, 완전히 안 묶고 그냥 버렸지? 그래서 꼬인 거야.

"풀 방법은 없어?"

공주가 물었다. 거대한 보라색 눈동자가 대답했다.

— 있지.

"뭔데?"

공주가 조급하게 되물었다.

— 내가 먹으면 되지.

거대한 보라색 눈동자의 동공이 즐겁다는 듯 가늘어졌다.

"그런 거 말고."

대답하면서 공주도 피식 웃었다.

처음 붉은 용의 탑에 왔을 때도 용은 공주와 이런 식으로 수다를 떨었다. 공주의 하소연을 들어주고, 위로해주었다.

용이 말할 때 풍기는 유황 냄새나 열기에 공주는 생각보다 빨리 익숙해졌다. 방 안이 언제나 뜨거운 것이 오히려 공주의 약해졌던 몸에는 좋은 영향을 끼쳤다. 몸이 어느 정도 회복되자 공주는 탑의 이곳저곳을 둘러보며 다녔다. 그러다가 용을 잡으러 왔다가 오히려 잡아먹힌 기사들이 남긴 창과 칼을 발견했다.

― 다 나았으면, 이제 네가 왔던 세계로 돌아가야지.

공주가 커다란 장검을 집어 치켜들려고 애쓰는 모습을 보면서 용이 말했다.

"조금만 더, 있다가⋯."

공주가 간신히 치켜든 칼을 지탱하려고 끙끙거리며 대답했다.

"여자는 자기 몸 지키는 법을 알아야 한다고, 유모가 그랬어⋯. 엄마야⋯."

칼이 땅에 텅, 하고 떨어지자 공주는 깜짝 놀랐다. 그러나 다시 칼을 집어 안간힘을 쓰며 치켜들었다.

"좀 곤란해질 때마다, 매번 널 부를 수는 없잖아⋯."

이제는 익숙하게 사용할 수 있게 된 칼을 침대 위에 놓고 그 옆에 웅크리고 앉은 공주에게, 용은 이전과 같은 말을 다시 되풀이했다.

— 이젠, 네가 왔던 세계로 돌아가야지.

공주는 대답하지 않았다. 다치지 않은 왼손을 뻗어 장검의 손잡이를 만지작거리다가 중얼거렸다.

"나, 그냥 여기 있으면 안 될까?"

— 왜애, 그래도 남편은 널 기다리지 않겠어?

용이 새빨간 눈꺼풀을 부드럽게 깜빡이며 물었다.

"글쎄…."

공주는 장검의 손잡이를 계속 만지작거리면서 조그맣게 중얼거렸다.

용이 먹이를 찾으러 가버린 후에도 공주는 그래도 침대에 웅크리고 앉은 채 움직이지 않았다. 한 번 세상이 무너진 후로, 문에서 침대까지 걸어서 사방 열 걸음이 채 되지 않는 좁고 둥근 방 안이 공주에게 남은 세계의 전부였다.

"말도 죽고, 아이도 죽고…."

공주는 다시 왼손을 뻗어 장검의 손잡이를 어루만졌다.

"…그런데 나는 왜 안 죽었을까?"

장검은 대답하지 않았다.

창밖으로 해가 저물었다. 어둠이 내릴 동안 공주는 그대로 앉아 있었다. 창문으로 달빛이 부드럽게 비쳐들기 시작했을 때에야 공주는 여전히 왼손으로 다친 오른손을 감싸잡은 채 천천히 침대에서 몸을 일으켜서 창가로 갔다. 창턱에 앉아 창문을 열고 진한 쪽빛으로 흘러가는 이른 밤의 하늘을 내다보았다. 수줍은 별빛이 부드럽게 반짝이고, 어린 반달이 살그머니 고개를 내밀어 공주를 내려다보며 짙은 남빛 속을 한들한들 떠갔다. 언젠가, 좋았던 시절에, 유모의 등 뒤로 저런 달을 보았던 것 같다고 공주는 생각했다.

그리고 공주는 창턱에 앉은 채로 아래를 내려다보았다. 탑은 무척 높았고, 밤의 어둠에 가려져 아래쪽은 잘 보이지 않았다.

"말도 죽고, 아이도 죽고…."

공주는 중얼거렸다. 다시 고개를 들어 달을 바라보았다.

"엉켜버렸지만, 이어진 건 풀 수도 없고…."

달은 대답하지 않았다.

"…유모가 보고 싶어."

공주가 달을 향해 속삭였다.

어디로 가야 할지 알 수 없지만, 잠시만 더 이대로 머무르자고 공주는 결심했다. 탑의 아래쪽은 언젠가 국경 지방의 숲 속처럼 너무 깊고 깜깜했다. 그러나 이 탑을 나간다고 해도 '자신이 왔던 세계'의 어디로 돌아가야 할지 공주는 알 수 없었다.

그래도 이어진 것은 죽지 않는 한 풀 수 없고, 그리고 유모가 보고 싶었기 때문에, 공주는 조금만 더 머무르기로 했다. 잠시만 더, 이대로 아무 데도 가지 않고, 그 누구와도 이어지지 않은 채, 지금처럼 이 높은 탑의 창턱에 상처 입은 손을 감싸 쥔 채 혼자 앉아서, 잠시만 더. 마음이 다시 한 번 어딘가를, 누군가를 원할 때까지. 다시 삶을 살고 싶어질 때까지.

달빛
아래
　　기사와

I

한편, 붉은 용의 탑에서 공주에게 쫓겨나 무거운 갑옷을
입은 채로 계단을 걸어서 내려가야 하는 처지가 되어버린
기사는 그리하여 온몸을 감싼 쇳덩어리를 덜걱거리면서 한
도 끝도 없이 빙글빙글 돌아가는 나선형 계단을 처음에는
뛰어서, 그러다가 조금씩 속도를 늦추어 나중에는 걸어서
내려가면서, 땀투성이가 되어 갑옷을 하나씩 벗어서 버리
면서, 발이 걸려 굴러 떨어질 뻔하면서, 간신히 균형을 잡
고 몸을 일으켜 투덜거리면서 층계를 하나씩 조심스럽게
터덜터덜 내려가면서 생각했다. 도대체 어쩌다가 일이 이
렇게 된 거지?

그러니까 기사가 기억하기로는 분명히 공주가 마녀라서

나라를 들어먹을 음모를 짜고 있다고 그랬었다. 공주가 시집온 뒤로 국왕이 갑자기 병세가 나빠져서 얼마 못 가 죽어버린 것도 마녀의 저주 때문이라고, 왜냐하면 그전까지는 사실 좀 늙어서 쇠약해지긴 했어도 아들 결혼식에 감 나라 배 나라 할 정도는 기운이 있었단 말이지. 그런데 공주가 시집오자마자, 정확히 말하자면 공주 몸값으로 거금을 내주자마자 왕이 그때부터는 자기 힘으로 돌아눕지도 못할 정도로 약해지더니 그대로 영영 세상을 떠나버렸거든. 그래 법대로 왕자가 왕위를 물려받게 되기는 했는데 굳이 형식을 따지자면 아직 즉위식도 못 치른데다가 걔는 기본적으로 어린애라서, 제 마누라 치마폭에 푹 감싸여 있는 꼴을 봐서는 이제 실권은 갈 데 없이 왕비가 되어버린 마녀의 손에 들어간 거고, 그걸 그냥 뒀다가는 나라 망하는 것도 시간문제라는 얘기를 열심히 듣고 기사는 또 열심히 고개를 끄덕끄덕했던 것이다. 그런데 그 얘기를 해준 사람이 누구였더라?

어쨌든 그래서 왕비가 되어버린 마녀 공주를 죽이러 갔다가, 역시나 마녀를 잡기는 쉽지 않은 법이라 무슨 수작을 부렸는지 마른하늘에 천둥 번개가 치더니 비가 막 내리게 만드는 바람에 놓쳐버렸고, 그래 봤자 지가 도망을 가면 어디로 가겠어, 딱 예상대로 친정집에 가 있는 걸 한발 먼저 도착해서 기다리고 있다가 도로 빼내 와서 데려다가 새 국왕이 보는 앞에서 처단하려고 했는데, 이번에는 진짜로 무시무시한 어둠의 비술을 썼는지 붉은 용이 찾아와서 채 가버렸다는 이야기다. 어느 순간 하늘이 새까맣게 어두워져서, 올려다보니까 엄청나게 커다란 그림자가 하늘 전체를 막 전부 다 뒤덮었어. 그래서 뭔지 몰라서 어, 어, 하면서 보고 있는 사이에 활활 타는 새빨간 게 쏜살같이 내려와서는 사방에 지옥의 불꽃을 흩뿌리고 유황 냄새를 풍겨 가면서 마차 주위에 수행하던 시종이니 무사니 하는 사람들을 다 때려눕히고는 공주만 홀랑 데려가버린 것이다. 정신을 차려보니 아까까지 공주가 타고 있던 마차는 싹 다 태워먹었고, 죽은 사람은 없었지만 근처에 있던 사람들은 전부 기절했거나 무서워서 넋이 나가버렸고. 그 꼴을 보고 나니까 기사는 이 공주가 진짜로 마녀라는 사실에 일말의 의심도 품지 않게 되어버렸고, 그러므로 기사 된 자의 명예를 걸고 정의의 이름으로 세상 끝까지라도 쫓아가서 붙잡아다가 그분이 보는 앞에서 처단을 하고야 말겠다고 맹세를 했던 것이다. 그리고 그분은 그렇게 말하는 기사를 사랑과 존경으로 가득한 그 반짝반짝하는 눈빛으로 쳐다보면서 황홀하고 달콤하게 입을 맞추고는 기사의 귓가에 붉은 용의 탑을 찾으려거든 달의 북쪽으로 가라고 속삭였던 것이고. 그런데 그분이 누구였지?

그다지 오래되지 않은 옛날 옛적에 기사는 사랑하는 연인과 달빛 아래에서 굳은 언약을 맺었다. 연인은 붉은 실로 기사의 손가락을 묶고 달의 힘을 빌려 이제 자신과 기사는 평생 이어져 있을 것이라 속삭였고, 기사는 여기에 화답하여 기쁠 때나 슬플 때나 평생을 함께하겠다고 맹세했다. 그때 마침 파수병이 지나가는 소리에 기사는 연인과 함께 몸을 숨겼다가 엉겁결에 처음으로 입맞춤을 나누었다. 달빛은 은 물결처럼 환하게 궁정을 가득 채웠고, 연인과의 첫 키스는 꿈결처럼 달콤했다. 그런데 그 사람이 그 사람이던가?

이런 생각을 하면서 기사는 헐떡헐떡거리며 마침내 그 지긋지긋한 계단을 전부 다 내려왔다. 탑의 뒤쪽에 있는 조그만 나무 쪽문을 열고 밖으로 나왔을 때는 이미 밤이 되어 있었다. 칠흑 같은 하늘에 달은 보이지 않았고, 단지 점점이 흩어진 별빛만이 눈물방울처럼 연약하고 투명하게 반짝일 뿐이었다. 자 이제 집에 돌아가야지. 기사는 생각했다. 뭐가 어찌 된 일인지는 가는 길에 천천히 생각하도록 하고. 그런데 내가 말을 어디다가 매뒀더라?

말을 찾아서 기사는 탑의 앞쪽으로 돌아갔다. 그리고 다시 뒤쪽으로 돌아왔다. 탑 주위를 시계 방향으로 한 바퀴, 시계 반대방향으로 다시 한 바퀴 돌았다. 말은 흔적도 없었다. 다시 사방을 둘러보았다. 그러나 밤하늘이 너무 어둡고 별빛이 너무 약해서 근처에서는 아무것도 제대로 볼 수가 없었다. 단지 멀리 위쪽에 공주가 있는 탑 꼭대기에서만 약한 불빛이 아스라이 비쳐 보일 뿐이었다.

할 수 없이 기사는 그 불빛을 기준으로 삼아 처음에 왔던 곳이라 짐작되는 방향을 향해서 터벅터벅 걷기 시작했다.

II

얼마나 걸었을까, 앞쪽에 거무스름하게 듬성듬성한 숲 같은 것이 보였다. 그다지 크거나 울창한 것 같진 않지만, 그래도 달도 없는 한밤중에 숲으로 들어갔다가 길이라도 잃으면 큰일이다. 숲 가장자리로 돌아서 벌판을 질러가는 쪽이 안전하다. 그렇게 생각하며 기사는 방향을 다시 확인하려고 뒤를 돌아보았다. 유일하게 불빛을 비추어주는 탑 꼭대기 공주의 방 창문은 이제 완전히 멀어져서, 밤하늘에서 미약하게 깜빡이는 별빛만큼이나 아련하고 흐릿하게 보였다.

기사는 다시 돌아섰다. 공주의 방 창문 불빛을 뒤로하고, 숲의 오른쪽 가장자리를 따라 그대로 똑바로 앞쪽으로 나아가야겠다. 그렇게 결정하고 발걸음을 옮겼다.

그러나 기사가 다가가자 검은 숲은 조금씩 오른쪽으로 움직이기 시작했다.

기사는 믿을 수가 없었다. 멈추어 서서 눈을 크게 뜨고, 낮고 듬성듬성한 나무들을 바라보았다. 기사가 걸음을 멈추자 숲도 움직임을 멈추었다.

한동안 그대로 서서 보고 있다가 기사는 다시 걷기 시작했다. 설마, 내가 잘못 본 거겠지.

그러나 숲은 다시 기사를 따라 오른쪽으로 슬금슬금 다가왔다.

기사는 다시 멈추어 섰다. 숲도 따라서 멈추었다. 잠시 자신을 따라다니는 검은 숲을 노려보며 서 있다가 기사는 이번에는 숲을 향해 다가갔다. 숲은 움직이지 않았다.

천천히 조심스럽게 다가가서 이제는 팔을 뻗으면 닿을 듯한 거리가 되었다. 기사는 멈추어 섰다. 듬성듬성한 나무라고 생각했던 것은 가까이서 보니 어둠 속에서도 나무 같지 않았다. 나무치고는 키가 작았고, 가지도 잎사귀도 없었다.

기사는 바로 앞에 있는, 나무라고 생각했던 어떤 것을 만져보기 위해 손을 뻗었다.

그리고 그때, 기사의 머리 위로 달이 떠올랐다. 망망대해에 비친 등대의 불빛처럼 달빛은 갑자기 나타나서 사방에 하얗고 부드럽고 진한 은빛 물결을 뿌렸다. 그리고 그 차갑고 투명한 달빛 속에서 기사는 앞에 서 있는 것이 무엇인지 보았다.

그것은 나무가 아니라 사람이었다. 더 정확하게 말하자면 죽은 사람이었다. 말라비틀어진 머리카락이 아직도 여기저기 붙어 있는 머리 가죽은 절반쯤 떨어져서 달빛 아래 색 바랜 해골이 하얗게 드러나고, 볼의 피부가 썩어서 입술 위로

늘어졌으며, 목에는 이미 흐르지 못하게 된 지 오래된 죽은 피가 거멓게 뭉쳐 달라붙어 있었다. 달빛을 둔탁하게 반사하는 갑옷은 밤의 어둠 속에서도 낡고 녹슬어 여기저기 부서진 것이 보였다. 사지 중 한쪽이 떨어져 나가고 없는 시체도 있었고, 몸통에 구멍이 난 시체도 있었으며, 살점이 모두 썩어 흩어지고 백골만 남은 시체도 있었고, 목이 잘려 자기 해골을 옆구리에 낀 시체도 있었다. 그런 죽은 사람들이, 어둠 속에서 되살아난 기사들의 시체가 달빛이 은은하게 깔린 벌판을 가득 메우고, 기사를 향해 살가죽이 썩어 벗겨지고 근육이 떨어져 나간 사지를 어기적거리고 흐느적거리며, 혹은 땅바닥을 꿈틀꿈틀 기어서, 조금씩 다가오고 있었다.

기사는 뒷걸음질 쳤다.

죽은 기사들은 갑옷과 뼈를 덜그럭거리며 서두르지 않고 쉬지 않고 천천히 다가왔다.

기사도 계속 조금씩 뒷걸음질 쳤다. 그러다 발이 꼬여 주저앉아서 땅바닥에 엉덩방아를 찧었다.

죽은 기사들은 계속해서 조금씩 다가왔다. 기사는 서둘러 몸을 일으켰다. 그러나 일어서자마자 바로 앞까지 다가온 시체의 안구가 떨어져 나간 퀭한 눈구멍과 맞닥뜨리고 말았다.

— 너는 누구인가?

죽은 기사의 되살아난 시체가 물었다.

기사는 대답하지 못했다. 움직일 수 없었다. 숨을 쉴 수 없었다.

— 너도 우리와 같은가?

되살아난 시체가 다시 물었다.

— 우리는 한때 살아 있었다.

죽은 기사의 왼쪽에서, 팔 한쪽이 불타 사라져버린 다른 기사의 시체가 말했다.

— 우리는 한때 기사였다.

또 다른 기사의 시체가 그 뒤에서 말했다.

— 우리는 지금도 기사다.

죽은 기사의 오른쪽에서, 시체의 옆구리에 낀 해골이 턱뼈를 덜걱이며 반박했다.

— 기사는 임무를 수행한다.

그 뒤에서, 사지가 절반씩 타서 떨어져 나가 갑옷을 끌고 땅을 기는 시체가 말했다.

— 우리의 임무는 용을 죽이는 것이었다.

기사의 바로 앞에 선, 안구가 모두 사라진 퀭한 시체가 다시 말했다.

— 우리는 모두 용을 죽이기 위해 왔다.

왼쪽 옆구리에 구멍이 뚫려 그 사이로 그을린 갈비뼈가 거무스름하게 보이는 시체가 말했다.

— 그러나 우리는 모두 용에게 죽임을 당했다.

66

한쪽 다리의 살점이 모두 타 버리고 노르스름한 다리뼈만 남은 시체가 그 곁에서 말했다.

— 용을 죽여야만 한다.

눈구멍이 퀭한 시체가 속삭였다.

— 그때까지, 우리는 아무도 이곳을 떠나지 못한다.

땅바닥을 기는 시체가 고개를 한껏 쳐들고 말했다.

— 아무도 이곳을 떠나지 못한다.

목이 잘려 해골을 옆구리에 낀 시체가 다시 턱뼈를 덜걱거렸다.

— 아무도 이곳을 떠나지 못한다.

팔 한쪽이 불타버린 시체가 되풀이했다.

— 아무도 죽어 저승으로 가지 못한다.

머리뼈 반쪽이 부서져 사라진 시체도 덧붙였다.

— 그때까지, 우리는 아무도 죽지 못한다.

시체들이 입을 모아 되풀이했다.

— 낮에 죽더라도, 밤이 되면 달빛 아래 되살아난다.

시체들의 목소리가 점점 커졌다.

— 칼을 다오. 우리는 기사다.

되살아난 죽은 기사들의 고함 소리가 황무지를 쩌렁쩌렁 울렸다.

— 칼을 다오. 임무를 완수하고, 우리도 안식을 찾고 싶다.

기사는 양손을 귀를 막았다. 양팔로 머리를 감쌌다.

"이것은 저주인가?"

기사가 겁에 질려서 외쳤다.

"너희는 마녀의 저주에 걸려 이렇게 된 것인가?"

'저주'라는 단어를 입 밖에 내는 순간, 시체들은 모두 입을 다물었다. 투명하고 무심한 달빛 아래 황량한 정적이 퍼져 나갔다.

"마녀가 아니라면, 용의 저주인가?"

달빛처럼 희고 단단한 정적을 깨고 기사가 다시 외쳤다.

"어떻게 하면 저주를 풀 수 있지?"

그러나 시체들은 다시 죽어버린 듯, 우뚝 선 채로 아무런 대답도 하지 않았다.

그때, 검은 숲처럼 보이는 되살아난 시체들의 무리 뒤에서 누군가 낮은 목소리로 말했다.

— 저들은 스스로 저주에 걸렸다.

그리고 목소리는 천천히 덧붙였다.

— 마녀의 저주에 걸린 것은 나뿐이다.

"너는 누구인가? 모습을 나타내라!"

기사가 외쳤다.

되살아난 시체들의 무리 속에서 한 창백한 형체가 서서히 앞으로 나섰다. 키가 크고 흰 턱수염이 가슴까지 내려온 그 낯익은 얼굴을 보고 기사는 잠시 어리둥절하여 그대로 서서 쳐다보다가 문득 무릎을 꿇었다.

"폐하…."

죽은 국왕의 유령은 무릎을 꿇은 기사를 잠시 내려다보다가 천천히 입을 열었다.

— 내 한때 어리석어 간악한 여자의 아름다운 겉모습에 홀려서 마녀를 내 왕비로 삼았다.

땅에 닿은 기사의 무릎을 통해 차가운 대지의 냉기가 전해져 왔다. 기사는 몸을 떨었다.

— 마녀는 오랜 세월에 걸쳐 내 육신의 기운을 빼앗았다. 그 몸이 죽자 내 혼은 죽지도 살지도 않은 자들의 땅인 이곳에 유폐되었다.

유령의 목소리는 나지막했으나, 한 번 입을 열 때마다 땅을 울리며 퍼져 나갔다.

— 이제 마녀는 내 아들의 정신을 흐리고 그의 태어나지 못한 아들을 죽였다.

기사는 몸이 떨리는 것이 땅의 냉기 때문인지 아니면 유령의 목소리 때문인지 알 수 없었다.

— 그러니 가라. 가서 마녀를 처단하고 아직 어려 아무것도 모르는 내 아들을 보필하라.

유령이 말을 할 때마다, 그 목소리에 땅이 우릉우릉 울릴 때마다, 달빛도 함께 출렁이듯 흔들렸다.

— 그리고 내 칼을 찾아다오. 칼을 돌려다오. 칼이 있어야 이곳을 나가서 영원한 평안을 찾을 수 있다.

그리고 그 '칼'이라는 말과 함께, 이제까지 침묵을 지키
며 서 있던 되살아난 기사들의 시체도 모두 함께 외치기 시
작했다.

— 칼을 다오. 우리도 안식을 찾고 싶다. 칼을 돌려다오.

— 가라. 내 아들을 보필하라. 그리고 칼을 찾아다오.

국왕의 유령이 속삭였다. 그리고 무릎을 꿇은 기사의 목
덜미를 한 손으로 잡고 굉장한 힘으로 들어 올려 일으켜 세
웠다.

— 가라.

유령의 목소리가 다시 속삭였다. 다시 한 번 땅이 우르
릉 울리고, 달빛이 그 어느 때보다도 사납게 출렁거렸다.

기사는 유령이 일으키는 대로 일어섰다. 그리고 무작정
달리기 시작했다.

III

한참 정신없이 달리다가 기사는 멈추어 서서 사방을 둘
러보았다. 달은 어느새 다시 구름 속으로 숨었고, 거무스름
하게 흐린 밤하늘에는 별빛도 보이지 않았다. 검은 숲 같던
되살아난 죽은 기사들의 시체도 어둠 속에 잠겨서 보이지
않았다. 탑 꼭대기 공주의 창문에 비쳐 나오는 불빛만이 변

함없이 멀리서 아련하게 빛났다. 다만 아까는 기사의 등 뒤에 있던 불빛이 지금은 비스듬하게 앞쪽에서 보였다.

기사는 잠시 망설이다가 탑 쪽을 향해서 걷기 시작했다. 날이 너무 어두웠고, 주위에 아무것도 보이지 않았다. 지표로 삼을 만한 것은 탑의 불빛뿐이었다. 동이 틀 때까지만 이렇게 걷다가, 해가 뜨고 나면 주변을 살펴보고 다시 방향을 정해야겠다고 기사는 생각했다.

그러나 얼마 가지 않아서 기사는 뒤에서 무슨 소리가 나는 것을 듣고 멈추어 섰다. 다가닥, 다각, 하는 그 소리는 꼭 말이 종종걸음으로 걷는 발굽 소리 같았다. 기사는 주위를 둘러보았다.

과연 저쪽에서 뭔가 다가오고 있었다. 점점 가까워지는 것은 새파란 불빛 두 개였다. 그와 함께 다가닥, 다가닥, 하면서 발굽 소리도 점점 가까워졌다. 죽지도 살지도 않은 것들의 땅에서 자신의 말조차 유령이 되어버린 것일까? 그렇게 생각하자 기사는 머리털이 쭈뼛 서는 느낌이었다.

마침내 새파란 불빛과 발굽 소리가 바로 앞까지 다가왔다. 그리고 말은 기사 앞에 멈추어 서서 입술로 투르르 소리를 내며 언제나 그렇듯 다정하게 얼굴을 비볐다.

"그래, 그래…."

그 눈에는 광기 어린 푸른 인광이 서렸고 목에 닿는 말의 입김은 차가웠지만, 이전과 똑같은 그 친근한 몸짓에 기사는 자기도 모르게 손을 뻗어 말의 얼굴을 쓰다듬었다.

"그래, 그래⋯."

⋯그리고 죽은 말은 입을 벌려 기사의 어깨를 물었다. 죽은 이빨이 갑옷에 부딪히며 까각, 하고 귀에 거슬리는 소리를 냈다.

그 소리를 들은 순간, 기사는 무섭다기보다 화가 머리끝까지 치솟았다.

"이게 주인을 물었어!"

기사는 말의 고삐를 홱 잡아챘다. 말이 앞발을 쳐들어 공중에 구르며 히힝, 하고 울부짖었으나 기사는 놓지 않았다. 여기까지 같이 왔으면 서로 믿을 건 저하고 나밖에 없는데, 바깥에 매놓은 사이에 제멋대로 죽은 자들의 편에 서더니 이젠 감히 주인을 먹으려고 들어? 배신감에 치를 떨며, 기사는 몸부림치며 울부짖는 말과 한참이나 씨름한 끝에 간신히 그 등에 올라탔다. 말의 옆구리를 있는 힘껏 걷어찼다. 죽은 기사들의 되살아난 시체에게 뜯어먹혀 가죽이 떨어져 나간 옆구리에서, 기사의 박차가 말의 갈비뼈에 부딪혀 따닥, 하고 거친 소리를 냈다. 사방을 둘러싼 어둠 속으로 금속성 불꽃이 튀었다.

"가자!"

그리고 기사는 죽은 말을 몰아 끝없는 밤을 달려가기 시작했다.

IV

다시 공주의 탑을 뒤로하고 한참을 달렸을 때, 아까처럼 돌연히 달이 구름 뒤에서 모습을 나타냈다. 사방에 하얗게 일렁이는 투명하고 차가운 달빛 속에서 기사는 전에 보았던 검은 숲 같은 형체를 다시 보았다. 죽은 기사들의 되살아난 시체가 말발굽 소리를 듣고 전처럼 천천히 무리 지어 다가오고 있었다.

기사가 말고삐를 당겼다. 말이 또다시 히힝, 하고 울부짖으며 달빛 속에서 급히 멈추었다.

기사는 말 등에 앉아서 서서히 끊임없이 조금씩 다가오는 죽은 자들의 무리를 살펴보았다. 말고삐를 당기고 그 귀에 속삭였다.

"가자."

그리고 기사는 다시 갈비뼈가 드러난 죽은 말의 옆구리에 박차를 가했다.

기사는 죽은 자들의 무리를 피해서 옆으로 지나갈 생각이었다. 그러나 되살아난 기사들의 시체는 마치 물결이 일렁이며 퍼져 나가듯 서서히 옆으로 퍼져서 기사의 앞을 막아섰다. 기사는 말을 멈추지 않고 그대로 달렸다. 죽은 자들의 무리 사이를 뚫고 달려가는 죽은 말에게, 그 죽은 말을 탄 유일한 산 자인 기사에게 되살아난 시체들이 덤벼들었다.

기사는 매달리는 시체들을 발로 차고 손으로 쳐 내며 멈추지 않고 계속 달렸다. 죽은 자들의 뼈만 남은 손이 죽은 말의 남은 가죽을 할퀴어 뜯어냈다. 달려가는 말 뒤로 땅에 내장과 피가 길게 흩어졌다. 되살아난 시체들은 굶주림에 눈을 빛내며 덤벼들어 땅에서 죽은 말의 내장을 주워 씹고 피를 핥았다.

죽은 자들의 무리에서 벗어난 뒤에서 기사는 말을 멈추지 않았다. 뼈만 남은 죽은 말은 살아 있는 기사를 태우고 눈의 푸른 인광을 번득이며 하얀 달빛 아래 미친 듯이 질주했다.

그리고 어느 순간 죽은 말은 앞으로 고꾸라지며 그 뼈가 와르르 무너져 다시는 일어서지 못하게 되었다.

말이 쓰러지면서 기사도 땅에 처박혔다. 머리를 부딪치며 정신을 잃었다.

머리가 깨질 듯 욱신거리는 두통을 느끼며 정신을 차렸을 때, 기사는 자신을 내려다보는 사람의 얼굴을 발견하고 헉, 소리를 질렀다. 서둘러 몸을 일으키며 뒤로 물러났다. 들여다보던 사람도 같이 헉, 소리를 내며 물러섰다.

"대, 댁은 도대체 뉘, 뉘슈?"

기사를 내려다보던 사람이 겁에 질려서 외쳤다.

그 목소리를 듣고, 그리고 사방이 이미 밝은 것을 깨닫고, 기사는 주위를 둘러보았다. 그리고 자신이 있는 곳이 고국의 국경 근처, 숲을 막 벗어난 지점임을 알았다.

V

이전에 공주가 거쳤던 것과 똑같은 경로를 거쳐 기사는 숲지기의 집에서 영주의 성으로, 그리고 그곳에서 다시 왕궁으로 인계되었다. 왕궁에서 기사는, 기사에게 굳이 신경을 써주려는 사람이 달리 없었기 때문에, 공주의 유모에게 맡겨졌다.

유모의 보살핌 속에서, 기사는 공주에게 얻어맞은 팔의 상처가 덧나서 예전에 쓰던 자기 침대에 누워 사흘 낮 사흘 밤 동안 열에 들떠 헛소리를 해 가며 죽을 듯이 앓았다. 그 사흘이 지나고 나서 기사가 간신히 정신을 차리고 물을 찾는 것을 보고 공주의 유모는 청하는 대로 처음에는 물을, 그리고 그다음에는 따뜻한 죽을 가져다주었다. 기사가 죽을 다 먹고 나서 한숨을 쉬며 다시 자리에 눕자 유모가 그릇을 치우며 중얼거리듯이 말했다.

"용이 맘처럼 잘 안 죽지유? 사람만 죽어 나가고⋯."

기사는 굳이 대답하지 않았다. 그릇을 모아 쟁반 위에 얹어서 가지고 나가면서 유모가 다시 중얼거렸다.

"허기사 그런 건 죽어도 죽은 게 아니지유…."

기사가 침대에서 퍼뜩 몸을 일으켰다.

"유모가 그걸 어떻게 아시오?"

유모는 대답하지 않고 그냥 웃었다. 그리고 다시 쟁반을 달가닥거리며 방에서 나가려 했다. 기사가 다시 물었다.

"그 사람들한테 무슨 저주가 걸렸는지 혹시 아시오? 어떻게 하면 풀 수 있는지?"

유모는 방을 나가려다 말고 돌아서서 기사를 가만히 쳐다보았다.

"자업자득에는 약도 없지유."

유모가 조용히 말했다. 기사가 다시 물었다.

"그게 무슨 말이오?"

유모는 쟁반을 그대로 든 채 다시 기사를 가만히 쳐다보다가 물었다.

"기사란 본시 무고한 자를 해치지 않는 거라면서유?"

"그렇소. 그런데 그게 무슨 상관이오?"

기사가 되물었다. 유모가 한숨을 폭 쉬었다.

"그 용이 무슨 짓을 했다고 그렇게들 떼로 몰려가서 못 죽여서 야단이라유?"

"그거야 용은 불을 일으키고, 사람을 잡아먹고, 나라에 혼란을 일으키고 세상을 멸망시킬 수도….”

“그래유? 그거 참 무시무시한 동물이네유.”

유모가 조금 웃으면서 기사의 말을 막았다. 그리고 물었다.

“그런데 그걸 기사님이 다 봤어유?”

“에?”

기사가 되물었다. 유모가 다시 말했다.

“그, 불을 일으키고 사람을 잡아먹고, 나라에 혼란을 일
으키는 그 꼴을, 기사님이 직접 봤냐 말이유.”

“그, 그거야….”

대답을 하다 말고 기사는 말이 막혔다.

“아, 저, 그렇지만, 공주님을 잡아갔으니까….”

기사가 더듬거리는 모습을 보고 유모는 웃었다. 가느다
란 눈이 더 가늘어지는 모습을 보며 기사는 문득 생각했다.
저런 눈을 어디서 봤더라.

“그건 잡아간 게 아니지유. 불렀으니께 와서 데려간 거지.”

유모가 조곤조곤 반박했다. 기사는 할 말을 잃었다.

유모가 다시 찬찬히 타이르듯이 말했다.

“자기한테 아무런 해도 안 끼쳤는데, 괜히 공명심에 들떠
서 죽이겠다고 쳐들어갔으니 발목 잡혀도 싸지유.”

“그, 그렇지만….”

기사는 뭐라고 반박하려 했다. 그러나 유모가 다시 말을
막았다.

"기사라는 양반들이 그렇게들 할 일이 없대유?"

기사는 대답하지 못했다. 유모가 다시 눈을 가늘게 뜨고 웃었다.

저렇게 웃는 눈을 어딘가에서 봤는데. 기사는 생각했다. 물론 유모야 예전부터 궁에서 오며 가며 봤으니 잘 알고 있었다. 그러나 유모가 아니고, 저렇게 웃으면 가늘어지는 눈을 아주 최근에 어딘가에서….

"정 그렇게 구해주고 싶으면, 칼을 찾아다주게유."

유모가 갑자기 말했기 때문에 기사는 생각이 끊어졌다.

"칼?"

기사가 멍하니 되물었다. 그러고 보니 죽은 기사들의 시체도 똑같은 소리를 했던 것 같기도 했다.

"하지만 한두 개가 아닌데 그 칼을 어디서 어떻게….'

"잘 찾아보면 다 나와유."

유모가 어린애를 타이르듯이 말했다. 그리고 이번에야말로 돌아서서 방을 나가면서 덧붙였다.

"기사님은 손수건도 좀 찾게유."

"손수건이라니?"

기사가 되물었다. 유모가 말했다.

"찾아다 태워버리게유."

"무슨 손수건을, 왜…?"

기사가 물었다. 그러나 유모는 대답은커녕 끝까지 듣지

도 않고 이미 탁, 소리를 내며 문을 닫아버리고 나간 뒤였다.

VI

몸을 일으킬 수 있게 되자 기사는 이전에 공주가 했듯이 왕궁에서 내준 마차를 타고 이웃 나라로 향했다. 이번에는 붉은 용이 나타나지 않았고, 마차도 불타지 않았다. 그래서 기사는 무사히 국경을 건너 이웃 나라의 왕궁으로 돌아갔다.

그리고 왕궁에서 기사는, 그러니까 마법이 풀리고 나서 처음으로, 문제의 왕비를 다시 만났다.

VII

"그래서, 공주는 아직도 그곳에 잡혀 있나요?"

별궁의 자기 침소 앞 벽난로 곁에 서서 왕비가 조용히 물었다.

"용은⋯, 무척이나 힘든 적수였던 모양이죠?"

그리고 왕비는 돌아서서 기사 곁으로 살며시 다가왔다.

"당신이 무사히 돌아와서 기뻐요."

그리고 왕비는 기사의 품에 안겼다. 왕비의 입술이 기사의 입술을 찾았다. 기사도 화답했다.

입 맞추고 나서 기사는 품에 안긴 왕비의 얼굴을 들여다보았다. 마법이 풀렸는데도 기사의 눈에 왕비는 여전히 아름다웠다. 마법이 풀렸는데도, 왕비는 여전히 매혹적이었다.

버터로 빚은 것 같은 외모의 왕비는 온통 금빛이었다. 머리카락은 달빛으로 물든 듯이 거의 은색으로 보이는 아주 옅은 금빛이었고, 매끄러운 피부는 겨울에서 봄으로 넘어가는 계절의 수줍은 햇살을 받은 듯한 황금빛이었으며, 커다란 눈은 어두운 곳에서 때로 투명한 갈색으로도 보이는 짙은 꿀 빛깔을 띠어서 고개를 돌릴 때마다 깊은 금빛으로 반짝였다.

그리고 그 말로 형용할 수 없이 아름답고 매혹적인 황금빛 눈동자에 왕비는 역시나 말로 형용할 수 없는 불행과 고독을 담고 있었다. 더할 수 없는 미모에, 마음속에는 불행과 고독을 안고 깊은 우수에 찬 연약한 여성은, 남자도 마찬가지지만, 말하자면 이성의 보호본능에 호소하는 매력이 있는 법이다. 기사도 마찬가지라서, 직업도 기사인 데다 성격도 워낙 그렇다 보니, 게다가 마법에도 좀 걸리고 해서, 그냥 홀라당 넘어가버린 것이었다. 그리하여 그 손수건까지 왕비의 손에 넘어온 뒤로는 일이 일사천리로 진행돼서, 드디어 왕비는 기사가 품은 첫 여자, 더 정확히 말하자면 기사를 안은 첫 여자라는 명예로운 자리에 영원토록 등극

하고 말았다. 이런 게 별거 아닌 것 같아도 사람에 따라서는 의외로 중요한 법이다.

그리하여 기사는 내가 분명히 마법이 풀렸었는데 이제 다시 걸린 건가 만 건가 하면서 왕비의 그 짙은 벌꿀색 눈동자를 들여다보았고, 이러지 말고 정신 차려야지 하고 주위를 둘러보다가 때마침 왕비가 벽난로 위에 고이 모셔놓은 문제의 손수건을 발견하였다. 그리하여 기사는 품에 안았던 왕비를 놓고 벽난로로 다가가서 손수건을 집어 들고 왕비를 향해 물었다.

"제가 이걸 드린 날을 기억하십니까?"

물론 손수건은 왕비의 하녀가 훔쳐온 거지 기사가 왕비한테 드린 적이 없으니까 기억할 리가 없지만, 기사는 그냥 떠오르는 대로 적당히 꾸며댔다.

"달빛 아래에서, 평생 왕비님을 지켜드릴 것을 맹세하고 왕비님의 손등에 입 맞추었던 것, 기억하십니까?"

"그걸 어떻게 잊겠어요."

왕비가 그 더할 나위 없이 매혹적인, 우수에 찬 미소를 띠고 대답했다.

"그때, 밤하늘에 반달이 떠 있었죠?"

기사가 손수건을 들여다보며 중얼거렸다.

"구름에 달이 반쯤 가려서, 마치 수줍어하는 소녀의 얼굴처럼 보였죠…. 기억하십니까?"

왕비가 살그머니 기사에게 다가왔다. 손을 잡았다.

"예, 기억해요…."

그리고 왕비가 다시 기사의 얼굴을 끌어당겨 입 맞추려는 순간 기사는 손수건을 벽난로 안으로 던져버렸다. 벽난로의 불길 속에서 손수건은 비명을 지르는 것처럼 파싯, 하는 소리를 내며 푸른 불꽃으로 변하여 순식간에 타오르더니 사라져버렸다.

"무슨 짓이에요?"

왕비가 놀라서 물었다.

"그 귀중한 걸, 왜…."

"저는 왕비님께 저 손수건을 드린 적이 없습니다."

기사가 여전히 왕비의 손을 잡은 채로 물었다. 왕비는 손을 뿌리치려 했다.

"그런데 어떻게 기억하십니까?"

기사는 왕비의 손을 더 꽉 잡고 귓가에 대고 속삭였다.

"달빛 아래서 제게 저 손수건을 주신 건 다른 분입니다."

"이거 놔."

왕비도 기사의 귓가에 대고 마주 속삭였다.

"안 놓으면 소리 지르겠다."

기사는 놓지 않았다. 왕비는 화난 눈빛으로 손을 뿌리치려 애쓰며 기사의 얼굴을 올려다보았다.

기사는 분노로 색이 더 짙어진 그 깊은 황금빛 눈동자를 들여다보았다. 부드럽게 하늘을 가로질러 가던 오래전 어느 밤의 둥글고 환한 보름달 아래에서 자신의 약지에 붉은 실을 묶고 영원히 함께할 것을 맹세했던 소녀의 얼굴이 떠올랐다. 그리고 기사는 보름달 아래에서의 그 맹세가 지금 눈앞에 서 있는 황금빛 여자에게 느끼는 감정에 비하면 어린아이들의 소꿉장난에 지나지 않았음을 깨달았다. 그때 기사는 어렸고, 그의 세상은 무척 좁았으며, 그 좁은 세상 안에 바라볼 사람이라고는 오로지 단 한 명 공주뿐이었고, 그런 공주가 자신을 좋아한다는 데 대한 자만심이 공주에 대한 사랑 자체보다 훨씬 컸다. 그리고 시간이 지나 그 공주는 다른 남자의 아내가 되었고, 그 뒤로 여러 가지 우여곡절을 거쳐서 이제는 자신이 전혀 알지 못하는, 이해할 수 없는 타인이 되어버렸다.

그에 비하면 자신이 눈앞에 붙잡고 있는 이 황금빛 왕비는 진짜였다. 기사는 왕비와 수많은 밤을 함께 보냈고, 왕비의 이야기를 전부 들었다. 몰락한 귀족의 딸에서 일약 왕비로 등극했으나, 나이 많은 바람둥이 왕에게 싸구려 장난감 취급을 당하며 달리 의지할 곳도 도움을 청할 곳도 없이, 지난 십수 년의 세월 동안 인생의 유일한 낙이자 희망이라고는 오로지 아들뿐이었던 사연을 왕비는 조용히 담담하게 중얼거리듯이 털어놓았다. 마녀라고는 해도 왕비는 진실로 외롭고 슬픈 사람이었고, 왕비의 악의에는 낭떠러지 끝에 몰려 오랫동안 살기 위해 몸부림을 쳐온 인간의 절박함이 서려 있었다. 그리고 그 모든 이야기를 들려주던 왕비의 몸, 버터로 빚어 벌꿀을 뿌린 듯한 그 몸은 더할 나위 없이 매끄럽고 달콤하고 끈적하고 황홀했다….

"왜 저를 속이셨습니까?"

기사가 여전히 왕비의 손을 꽉 쥔 채로 속삭였다.

"굳이 그렇게 하시지 않아도, 되었을 텐데…."

왕비가 다시 안간힘을 쓰며 기사에게 잡힌 손을 뿌리쳤다. 기사는 이번에는 순순히 그 손을 놓아주었다.

왕비의 손이 기사의 뺨으로 날아왔다. 짝, 하는 소리가 방 안을 울렸다.

"무례한 것."

왕비가 뒤로 물러서며 말했다. 그리고 소리쳤다.

"여봐라! 밖에 누구 없느냐!"

그리하여 기사는 옥에 갇혔다.

VIII

그러니까 이쯤에서 정리를 한번 하자면 공주는 여전히 정확한 위치를 알 수 없는 붉은 용의 탑 꼭대기에 숨어 있고, 그런 공주를 구출해주려고, 아니 엄밀히 따지자면 그게 아니고 왕비의 명령에 따라 공주를 도로 데려와서 왕비가 보는 앞에서 죽일 목적으로 찾아갔던 기사는 쫓겨 나와서 혼자 돌아와서 감옥에 갇혔고, 용의 탑 주위에는 좀비 기사들이 드글드글하고, 국왕의 유령도 그 사이에 끼어서 여전히 어디다 쓸지 알 수 없는 칼을 찾고 앉았고, 그런 한편 공주와 기사는 각각 다른 짝을 찾았는데 그 문제의 붉은 실은 지긋지긋하게 이어져서 끊을 방법도 없고, 뭐 이러하므로 상황을 해결할 방법은 없을 것처럼 보이기도 한다. 그러나 언제 어떤 사정이든지 희망은 있는 법이라서, 여기서 혜성처럼 등장한 인물이 바로 공주의 남편이며 왕비의 아들인 왕자였다. 지금은 선왕이 죽었으니까 나이는 어려도 왕이 되어야겠지만 여러 가지 이유로 아직 대관식을 제대로 못 치른 데다가 무엇보다 처음부터 왕자라고 했으니까 읽는 이의 혼란을 방지하기 위해서 편의상 그냥 계속 왕자라고 하자.

하여간 왕자 입장에서는 홀랑 반해서 졸졸 쫓아다니던 마누라가 어느 날 갑자기 저녁 먹고 나가서는 그대로 안 돌아와버리니까 미칠 지경이었는데, 친정으로 도망간 걸 간신히 찾아내서 도로 데려온다더니만 중간에 또 사라졌고, 거기다가 그게 그냥 사라진 것도 아니고 용한테 막 잡혀갔다니까 이건 죽었는지 살았는지부터 알 수가 없고, 그래서 마누라 찾아준다고 기사가 나섰을 때는 진짜 고마웠지만 그 기사라는 인간이 어디서 뭘 한 건지 나는 여기서 기다리느라 일각이 여삼추 같아서 애간장이 다 녹아버릴 지경이건만 혼자서 능장을 부리면서 소식 한 줄 없다가 또 갑자기 돌아와서는 그래서 어쨌다는 건지 말 한마디 듣기도 전에 어머니가 덜렁 옥에 가둬버렸으니 저간의 사정이 어찌 된 노릇인지 답답해서 돌아버릴 지경이 된 것이다.

하여 왕자는 기사가 갇혀 있는 감옥으로 어머니 몰래 찾아갔다. 그리고 기사에게 꼬치꼬치 캐물어서 어떻게 된 일인지를 전부 알아내고야 말았다. 물론 기사가 설명한 버전에 따르면 공주하고 칼싸움에 져서 쫓겨난 게 아니고 붉은 용이 무시무시하게 불을 뿜고 발톱으로 공격을 해서 범접할 수가 없었던 거고, 밖에 매뒀던 말을 잃어버리고 혼자 헤맨 게 아니라 그 말을 멀쩡하게 타고 가다가 좀비 기사 떼한테 공격을 당해서 불쌍한 말이 주인을 위해 장엄하게 그 한 몸 희생한 거라고 했지만, 어쨌든 그런 별로 중요하지 않은, 그러니까 사실은 좀 중요할 수도 있지만 기사의 사회적 지위와 체면을 위해서는 별로 중요하지 않은 세부 사항을 빼놓고 상황의 요점은 제대로 정리를 해서 보고를 한 셈이라고 보아야겠다.

그리고 이야기를 다 듣고 나서 왕자는 말했다.

"아버지 칼, 내가 가지고 있는데?"

"예?"

왕자와 기사의 눈길이 동시에 왕자의 허리춤으로 향했다. 왕자는 과연 그 나이 또래 어린애가 차고 다니기에는 좀 무리한 칼을 허리에 차고 있었다. 그 나이 또래의 보통 소년이었다면 칼이 왕자를 끌고 다니는 모양새가 되었겠지만 다행히 왕자는 또래보다 몸집이 훨씬 컸다.

"그러니까 아버지가 이 칼을 찾으신단 말이죠?"

왕자가 다시 물었다.

"예…."

왕자가 도대체 무슨 생각을 하는 건지 불안해져서 주저 주저하면서 기사가 대답했다.

그리고 왕자는 기사가 두려워하던 바로 그 말을 하고야 말았다.

"그럼 내가 가서 아버지한테 칼을 돌려드리고 공주를 구출해서 같이 집에 오면 되겠네?"

왕자는 마치 저잣거리에 마실 좀 나갔다 오겠다는 투로 이런 무시무시한 선언을 한 뒤에 말릴 틈도 주지 않고 그대로 휙 나가버렸다. 기사는 다른 때 같으면 따라 나가서 가면 안 된다고 붙잡고 매달렸겠지만 감옥에 갇힌 몸이라 맘대로 나갈 수가 없으니 창살 안에서 멍하니 보고만 있었고.

그리고 바로 다음 날 왕비가 감옥으로 찾아왔다. 창살 안으로 들어와서 왕비는 아무런 설명도 하지 않고 다짜고 짜 기사의 뺨을 갈겼다. 그러니까 정확히 말하자면 왕비가 실제로 팔을 휘둘러서 때린 게 아니고 그 휘황한 황금빛 손을 조금 특정한 방식으로 움직였을 뿐이지만 기사는 그 충격을 얼굴 전체에 느꼈다. 이건 처음에 옥에 갇히기 전에 침소의 벽난로 앞에서 찰싹 때렸던 것과는 기세부터 완전히 달라서, 기사는 왼쪽 입 안에서 송곳니 뒤에 있는 대구치 여섯 개와 소구치 네 개가 한꺼번에 부러지는 것만 같은 충격과 함께 혓바닥에 비릿한 피 냄새를 느끼며 뒤로 날아가서 벽에 부딪혔다가 그대로 바닥에 쓰러져버렸다.

"내 아들을 어디로 보낸 거냐?"

왕비가 낮게 속삭였다. 그리고 기사가 대답도 하기 전에 바닥에 뒹구는 기사의 명치를 냅다 걷어찼다. 그러니까 이번에도 역시나 왕비는 가만히 서서 빛나는 손을 살짝 움직였을 뿐이지만 기사는 배에서 퍽, 소리가 나면서 몸을 반으로 접더라는 것이다. 그와 함께 기사는 비명을 질렀으나 목구멍 밖으로 소리가 되어 나오지 않았다.

"무슨 앙심을 먹었기에 내 아들을 죽을 곳으로 보낸 거냐?"

왕비가 다시 속삭였지만 이번에는 그 목소리에 울음이 섞였다. 기사는 명치에서 불꽃이 터지는 것 같아서 숨을 쉴 수도 몸을 똑바로 펼 수도 없이 바닥에서 웅크리고 끙끙거리다가 그 목소리를 듣고 안간힘을 써서 고개를 들었다. 왕비의 황금빛 눈에서 옅은 금빛 뺨으로 눈물이 흘렀다. 그 눈물이 바닥에 누운 기사의 뺨으로 떨어졌다. 그리고 그 눈물

때문에 기사의 머릿속에서 내가 보낸 게 아니라든가 말릴 새도 없이 나가버렸다든가 그러게 왜 나를 감옥 같은 데 가둬서 쫓아나가지도 못하게 만들었냐, 뭐 이런 변명거리가 전부 사라져버렸다.

"진정하십시오. 소신, 그런 의도가 아니오라…."

그러나 말을 마치기도 전에 왕비는 기사를 걷어찼고, 그러니까 자꾸 쓸데없이 설명하자면 손만 움직였으니까 걷어찼다고는 할 수 없지만 하여간 기사가 느끼기에는 그랬고, 하여 이번에는 그 충격이 바로 공주한테 칼을 맞아서 다친 왼팔에 정통으로 박히고 말았다. 기사는 오른팔로 다친 곳을 부여잡고 뒹굴었다. 너무 아파서 하얗게 비어버린 머릿속에 아무래도 상관없으니까 더 이상 때리지만 말았으면 좋겠다는 생각만 떠돌았다.

왕비가 다시 손을 조금 움직였다. 기사는 바닥에 뒹굴다 말고 목을 졸린 채 공중에 둥실 떠올랐다. 왕비가 다시 손을 살짝 움직였다. 기사는 왕비의 얼굴 바로 앞으로 떠 갔다.

"당장 떠나라."

왕비가 목을 졸려 점점 얼굴이 새빨갛게 변해가는 기사의 귀에 입술을 바짝 대고 속삭였다.

"가서 내 아들을 데려와라. 산 채로, 상처 없이 말짱하게."

그리고 왕비는 이제 빨갛다가 파랗게 질려가는 기사의 얼굴에 자기 얼굴을 더 바짝 들이대고 덧붙였다.

"공주도 데려와라. …죽은 채로."

그리고 왕비는 기사를 팽개쳤다. 기사는 불시에 땅에 떨어져서 목마른 사람이 물을 들이켜듯 공기를 들이마시며 한동안 몸을 일으키지 못했다. 그렇게 땅바닥에 누워서 헐떡거리는 기사를 보면서 왕비가 말했다.

"둘 중 하나라도, 못 하겠으면 돌아오지 마라."

그리고 왕비는 나가버렸다.

왕비가 나간 후에도 기사는 한참이나 더 바닥에 뒹굴면서 헐떡거리고 아픔을 달래느라 끙끙거려야 했다. 마침내 고통이 조금 수그러든 후에 기사는 콜록콜록 기침하면서 몸을 일으켰다. 입 안에 고인 피를 뱉어내고 똑바로 앉았다.

어떤 사람들은 괴롭힘을 당하는 것을 좋아한다. 그러니까 누구든지 무작정 괴롭히기만 하면 다 좋다는 건 아닌데, 좋아하는 사람에게 특정한 방식으로 지배당하거나 괴롭힘을 당하는 데 은근히 매혹당하는 종류의 사람들이 있다는 것이다. 기사도 아마 그런 취향이었던 모양이다.

그리하여 속임수에 걸리고 감옥에 갇히고 좀 이상한 방식으로 두들겨 맞기까지 했는데 화도 나지 않고 왕비가 미워지지도 않는 것이 기사는 사실 자기가 생각해도 좀 이상했다. 다만 어찌 됐든 상황이 매우 곤란한 것은 사실이었다. 마법이 풀려서 제정신으로, 그러니까 아직도 왕비가 좋은 걸 보면 완전히 제정신은 아닌 것도 같지만 어쨌든 그것만 빼면 대체로 제정신으로 돌아왔으니 기사는 공주를 죽이고 싶은 마음이 전혀 없었다. 하지만 왕비가 못 하겠으면 돌아오지 말라고 했는데, 떠나서 안 돌아오고 싶은 마음도 기사에게는 전혀 없었다.

그래도 어쨌든 명령을 받았으니까 기사는 감옥에서 풀려나 왕자의 뒤를 쫓아서 붉은 용의 탑으로 다시 향하는 여정에 올랐다. 벌써 몇 번째인지 모르게 공주를 되풀이해서 찾아가는 걸 보면 그 붉은 실이 정말로 평생 이어진 것 같긴 하지만, 그게 사랑이나 무슨 좋은 인연 때문이 아니라 매번 왕비의 명으로 죽이러 찾아간다는 형식이고 보면 이건 참 꼬여도 엉망진창으로 꼬인 관계인 것이다.

그래도 이런 종류의 이야기들이 모두 그렇듯이 이 이야기도 결국은 해피 엔딩이다. 다만 어떤 과정을 거쳐서 어떤 종류의 해피 엔딩이 되는지는 끝까지 살펴볼 필요가 있겠다. 본시 이야기라는 건 결과도 중요하지만 무엇보다 과정이 재미있는 법이니까.

사랑하는
그대와

I

그리하여 이야기는 다시 붉은 용의 탑으로 돌아온다. 그 높은 탑의 꼭대기에는 공주가 있다. 그리고 아시다시피 그 탑과 안에 든 공주는 붉은 용이 지키고 있다. 용은 불을 뿜고 사람을 잡아먹는 무시무시한 존재로 알려져 있으나 사실은 공주하고 수다도 떨 줄 알고 그 나름대로 유머 감각도 좀 있고 그래서 커다란 보라색 눈이 어떻게 보면 귀엽기도 하고 그런 용이다. 그렇지만 이런 사실을 자세히 알지 못하는 한 어린애가 공주를 구하러 나선다. 정체를 알고 보면 전에는 왕자였다가 이제는 명목상이나마 한 나라의 국왕 자리를 물려받은 이 소년은 소년답지 않은 끈기와 근성으로 몇 날 며칠 말을 달려 산을 넘고 바다를 건너 마침내 붉은 용의 보금자리로 찾아온다. 그곳은 산꼭대기라도 좋고 깊은 계곡 밑바닥이라도 좋지만 어쨌든 해가 저물고 밤이 찾아오면 죽지도 살지도 못한 채 안식을 갈구하나 영원히 찾지 못하는 자들에게 둘러싸이는 무시무시한 장소다. 어린 왕자는 목숨을 건 험난한 여정 끝에 이런 황무지에 외따로 떨어진 용의 탑을 찾아낸다. 그리고 이전에 기사가 했듯이 용의 눈을 피해 높은 탑을 올라가서 창문을 통해 공주의 방으로 숨어든다.

공주는 침대에 누워 잠들어 있다. 눈부신 하얀 뺨은 방 안이 용이 뿜어낸 열기로 언제나 따끈따끈하기 때문인지 홍조를 띠어 짙은 분홍빛으로 물들었고, 다친 오른손에는 치마를 찢어 만든 붕대를 감고 있다. 왕자는 아름다운 공주의 잠든 얼굴을 말없이 들여다보다가 침대 위로 몸을 숙인다. 공주의 귓가에 속삭인다. 공주, 나 왔어요. 눈 좀 떠봐요. 그리고 공주의 뺨에 입을 맞춘다.

그 목소리를 듣고 입맞춤을 느끼고 공주가 눈을 뜬다. 왕자의 얼굴을 본다. 잠이 덜 깼는지 멍한 표정으로 잠시 어리둥절하여 들여다보다가 마침내 화들짝 놀라며 침대에서 뛰어 일어난다. 그리고 앵두 같은 입술을 열어 말한다.

"어, 어떻게 된 거예요? 여긴 어떻게 찾아왔어요?"

"어떻게 오긴요."

공주가 자신을 알아보자 왕자는 얼굴이 환해진다.

"공주를 구하러 왔죠. 자, 빨리 나랑 같이 집에 가요."

"아니, 저기, 그게⋯."

공주는 당황한다. 공주 입장에서는 여태까지 겪은 일들이 있으니 당연히 그렇게 말처럼 쉽게 돌아갈 수 없다. 그러나 왕자는 보아하니 아무것도 모르는 모양인 데다 원체 아직 어린애라서 어디까지 설명해줘도 될지, 설명을 해준다고 해도 얼마나 알아들을지 알 수 없는 노릇이다. 공주는 망설인다.

"왜 그래요?"

왕자가 묻는다.

"나랑 같이 집에 가기 싫어요?"

공주는 대답하지 못하고 머뭇거린다. 왕자의 표정이 점점 슬퍼진다.

"내가 싫어진 거예요?"

"아니, 그런 건 아닌데⋯."

공주는 점점 더 당황한다. 어린 왕자는 그런 공주를 보고 더 끈덕지게 조르기 시작한다.

"그럼 나랑 같이 가요. 난 이제 곧 왕이 될 거니까, 다시는 나쁜 용이 잡아가지 못하게 잘 지켜줄게요. 그럼 우리 둘이서 오래오래 행복하게 살면 되잖아요?"

"아니, 저기, 그게 꼭, 용이 나쁜 게 아니고⋯."

"나쁜 게 아니라니? 공주를 이런 데 가둬뒀잖아요? 내가 물리쳐줄 테니까, 우리 빨리 집에 가요."

"그게, 저기….."

공주는 정말로 곤란해져서 뭐라고 말해야 할지 모르게 되어버린다. 그때 밖에서 퍼덕퍼덕 하는 날갯짓 소리와 함께 달걀 썩는 듯한 냄새가 풍겨오기 시작한다. 왕자가 얼굴을 찡그리며 코를 움켜쥔다.

곧 창문을 통해서 훅훅 찌는 열기가 뿜어 들어온다. 그리고 창밖에 낯익은 거대한 보라색 눈동자가 나타난다. 왕자가 서투른 몸짓으로 허리춤에 차고 있던 칼을 뽑아든다. 왕자와 칼을 보고 거대한 보라색 눈동자, 정확히 말하자면 그 눈동자의 나머지 부분인 용이 탑의 창밖에서 울부짖는다.

— 끼오오오….

여기까지 읽은 분들이라면 아시겠지만 이 용은 원래 그냥 평범하게 대화를 하는 쪽을 선호하며 평소에는 굳이 이런 식으로 울부짖지 않는다. 이런 소리를 내는 것은 탑을 찾아오는 인간들의 기대에 부응하기 위하여, 혹은 그 인간들을 겁주기 위해서 펼치는 일종의 연기다. 그러나 대부분의 경우에 그러하듯이 용이 울부짖는 연기는 효과 만점이라서, 왕자는 과연 뒤로 흠칫 한 걸음 물러서면서 몸을 움츠리고 칼을 쥔 손을 부들부들 떨기 시작한다. 공주가 한심하다는 표정으로 창밖의 거대한 눈동자를 쳐다본다. 짙은 보라색 눈동자가 공주를 향해 새빨간 눈꺼풀을 재빨리 움직여 눈을 찡긋해 보인다. 왕자는 그런 공주와 창밖의 보라색 눈동자를 번갈아 보면서 칼 손잡이를 더 꽉 움켜쥐고 빠르게 심호흡을 하기 시작한다.

왕자가 막 칼을 치켜들고 창밖의 거대한 짙은 보라색 눈동자를 향해 달려들려는 순간, 탑 꼭대기 공주의 방문이 벌컥 열린다.

"…고, 공주님….'

기사가 고개를 들이밀며 헐떡거린다.

"너야? 또 왔어?"

공주가 경악하여 소리 지른다.

거대한 보라색 눈동자가 창에 조금 더 가까이 다가와서 안의 동태를 살핀다. 그리고 다시 한 번 공주를 향해 새빨간 눈꺼풀을 깜빡여 보인다.

― 다시 올 거라고 내가 그랬잖아.

용이 속삭인다. 그러나 용은 자기 나름대로 속삭였을지 몰라도 방에 있는 사람들은 그 소리를 다 들었다. 왕자는 용이 입을 열자마자 방 안에 훅훅 뿜어 들어오는 열기와 유황 냄새에 코와 입을 막고 콜록거리며 뒤로 더 물러선다. 기사로 말하자면, 갑옷이라는 명목의 무거운 쇳덩어리를 온몸에 두르고 땅바닥부터 탑 꼭대기까지 뛰어서, 그러니까 처음에는 뛰다가 중간에는 걷다가 후반 약 3분의 1 정도는 기다시피 해서 올라오는 바람에 완전히 지쳐 떨어져서 아직까지 죽을 듯이 헐떡거리며 자기 몸도 제대로 지탱하지 못하고 문고리를 붙잡고 간신히 서서 숨을 고르는 중이다.

"정말이지 돌아버리겠네."

공주가 천장을 올려다보며 중얼거린다. 내 팔자야, 하고 한숨을 한 번 쉰 다음에 용에게, 정확히 말하자면 창문으로 들여다보는 거대한 보라색 눈동자에게 말한다.

"쟤는 내가 알아서 처리할 테니까, 너는 왕자 좀 집에 데려다줄래?"

— 글쎄.

창밖의 보라색 눈동자를 세로로 가로지른 검은 동공이 즐겁다는 듯이 가늘어진다.

— 그보다는 기사를 내가 먹고, 너야말로 왕자랑 둘이서 집에 돌아가는 게 좋지 않겠어?

"싫어."

공주가 딱 잘라 거절한다.

"난 거기 절대로 다시 안 돌아가."

— 그래?

용이 창문 밖에서 실망했다는 듯 새빨간 눈꺼풀을 깜빡인다.

— 그렇다면 할 수 없지.

그리고 짙은 보라색 눈동자는 여전히 덜덜 떨며 칼 손잡이를 꽉 붙잡고 서 있는 왕자 쪽을 향한다.

— 아가야, 이리 온. 집에 데려다줄게.

용이 다정하게 말한다. 방 안은 유황 냄새와 열기로 숨을 쉴 수 없을 정도가 된다.

몸을 움츠리고 덜덜 떨며 서 있던 왕자는 창밖의 거대한 보라색 눈동자와 시선이 마주친다. 용이 다시 한 번 달랜다.

— 아가야, 네 공주님이 너만 먼저 집에 가랜다. 내가 데려다줄게.

왕자는 멍한 표정으로 거대한 보라색 눈동자와 공주를 번갈아 쳐다본다. 그리고는 갑자기 칼을 뽑아들고 으아아아아, 소리를 지르며 창 쪽으로 달려간다.

그러나 왕자가 고려하지 않은 요인이 있으니, 바로 공주의 방은 천장이 꽤나 낮다는 사실이다. 게다가 왕자는 또래보다 키가 크고, 국왕의 칼은 길기 때문에, 그걸 쳐들고 몇 걸음 가지도 못해서 칼은 천장에 걸려버린다. 그런데 또 왕자는 마침 전속력으로 뛰어가던 중이기 때문에, 칼이 천장에 걸려 손에서 튀어나가면서 왕자는 제 기운을 못 이겨 앞으로 고꾸라진다. 국왕의 칼은 왕자의 손에서 튀어나가 쨍, 소리를 내며 바닥에 떨어진다. 마룻바닥 위에서 칼은 빙글빙글 돌며 미끄러지다가 공주의 침대 밑으로 들어간다. 왕자는 넘어져서 바닥에 부딪혀 코피가 나고 입술도 좀 터졌다. 얼굴이 피투성이가 되어 엉엉 울기 시작한다.

공주는 재빨리 왕자에게 다가가서 안아준다.

"다쳤어요? 어머, 피가 많이 나네…."

공주는 치맛자락으로 대충 왕자의 얼굴을 닦아준다. 왕자가 더 큰 소리로 울기 시작한다. 공주는 왕자를 품에 꼭 안고 달래준다.

"많이 아파요? 괜찮아요, 금방 나을 거예요. 울지 말아요, 착하지….."

— 꽤 잘 다루네.

창밖에서 거대한 보라색 눈동자가 이런 모습을 보고 논평한다.

왕자의 등 뒤에서 드디어 숨을 돌린 기사가 공주에게 뭐라고 말하며 방 안으로 들어오려 한다.

"공주님, 저….."

그러나 공주는, 여전히 서럽게 울어 젖히는 왕자를 품에 안고, 기사에게 위협적으로 한 손을 들어 보인다.

"들어오지 마. 거기 서 있어."

기사는 움찔하고 제 자리에 선다. 창문 밖에서 용이 다시 조른다.

— 나 주라. 내가 먹어준다니까.

"아, 시끄러워. 안 된다고 했잖아."

공주가 짜증을 낸다. 그리고 조금씩 울음을 그쳐가는 왕자의 등을 건성으로 토닥이며 기사에게 묻는다.

"넌 뭐야?"

"예?"

기사는 공주와 용을 번갈아 쳐다보고 있다가 공주가 갑자기 묻자 화들짝 놀라며 얼떨떨한 표정으로 되묻는다. 공주가 신경질을 낸다.

"여긴 왜 또 왔냐고. 다시 나타나면 죽여버린다는 말, 못 들었어?"

공주의 품에 안겨 있던 왕자가 훌쩍훌쩍 울음을 그쳐 가면서 슬그머니 고개를 든다. 기사와 공주의 대화를 알아들으려고 애쓰는 모양이지만 둘은 왕자가 이해하지 못하는 자신들의 모국어로 이야기하고 있다. 사실 왕자가 못 알아듣는 걸 알기 때문에 일부러 그렇게 하는 것이다.

그리하여 공주는 다시 기사에게 왕자가 알아듣지 못하는 언어로 짜증을 낸다.

"이번에도 네 왕비님이 나 죽이라고 보냈냐?"

"예? 아, 그게, 저기⋯."

사실이기 때문에 기사는 머뭇거린다. 공주는 다시 한숨을 쉬고 창밖의 거대한 눈동자를 바라본다.

"쟤, 마법 풀린 거 맞아?"

용도 당황한다.

― 그때는 풀린 것 같았는데⋯. 다시 걸렸나?

"무슨 남자가 저렇게 쉬워? 마법이 막 풀렸다 걸렸다 하고⋯."

투덜거리며 공주는 품에 안겨 있던 왕자를 적당히 달래

서 일으켜 앉힌 후 자기도 끙, 하고 자리에서 일어선다. 침
대 쪽으로 가서 그 밑에 뒹구는 국왕의 칼을 집어 든다.

"그래 뭐, 좋다 이거야."

칼을 들고 돌아서며 공주가 기사를 향해 말한다.

"오늘 너하고 나하고 아주 끝장을 내자."

"아, 그렇지만, 전…."

기사는 당황하여 그게 아니라고 양손을 내젓는다.

"왕비님께서 보내신 건 맞지만, 전 공주님을 죽이러 온
게 아니라…."

이때 바닥에 앉아 있던 왕자가 슬금슬금 일어나서 공주
와 기사 사이를 막아선다.

"무슨 소리예요?"

왕자가 아직도 눈이 벌겋게 부은 채 눈물과 코피로 범벅
된 얼굴로 묻는다.

"엄마가 왜 공주를 죽여요?"

공주와 기사는 깜짝 놀라서 왕자의 어깨너머로 시선을
마주친다. 얘가 지금 우리가 한 말을 알아들은 건가?

왕자가 다시 외친다.

"그게 무슨 말이냐고요? 엄마가 공주를 왜 죽여요?"

II

그러니까 왕자는 공주가 사라진 바로 그 날 저녁에 공주와 기사가 자기 앞에서 했던 대화를 못 알아들은 것이 내내 마음에 걸려서 혼자 조금씩 공부를 했던 것이다. 외국어란 하나쯤 알아둬서 나쁠 것 없고 더구나 배우자가 외국인이라면 그 배우자의 모국어로 기본 회화 정도 마스터하는 것은 생활의 편의라는 측면에서나 인간 된 예의라는 측면에서나 필수다. 그러나 공주가 돌아오면 놀라게 해주려는 순수한 마음에서 공부했던 덕분에 어린애로서는 감당하기 힘든, 사실은 대부분의 경우 어른 남자들도 별로 감당하고 싶어 하지 않는 고부갈등을 갑자기 알게 돼버린 것이니 이런 상황에서는 모르는 것이 약인지 아는 것이 힘인지 결론을 내리기가 쉽지 않다고 보겠다.

그리하여 기사도 공주도 선뜻 뭐라고 대답을 해주질 못했고, 그러자 점점 더 불안해진 왕자는 이제 눈에 다시 눈물까지 글썽거려 가면서 세 번째로 외쳤던 것이다.

"엄마가 공주를 왜 죽이냐고? 거짓말이지?"

공주와 기사는 당혹한 표정으로 서로 쳐다볼 뿐 아무 말도 하지 못한다. 왕자는 두 사람 사이에 서서 또다시 눈물을 줄줄 흘리며 공주와 기사를 번갈아 쳐다보면서 외친다.

"거짓말이죠, 그렇죠? 엄마가 공주를 죽이라고 한 거 아니죠? 대답해봐요! 왜 아무 말도 안 하는 거야!"

공주는 애 좀 얼른 집에 데려다주라고 용을 재촉하려고 창밖을 쳐다본다. 그러나 조금 전까지만 해도 안을 들여다 보고 있던 거대한 보라색 눈동자는 어느새 사라지고 없다.

"방금까지 저기 있던 용, 어디로 갔어?"

공주가 더욱 당황하여 기사에게 묻는다. 기사도 더욱더 당황한 표정으로 모르겠다고 고개를 젓는다. 왕자도 더욱더 큰 소리로 울면서, 공주와 기사를 번갈아 바라보며 더욱더 언성을 높여 외친다.

"엄마가 공주를 죽이라고 했다는 게 무슨 말이냐고! 무슨 거짓말을 하는 거야! 왜 대답을 안 해주는 거야! 도대체 어 떻게 된 거야! 다들 나만 빼놓고, 다들 나한테만 아무 말도 안 해 주고…."

"저기, 왕자님, 진정하세요."

공주가 달랜다.

"그게, 얘기하자면 좀 복잡하니까…, 우선 우리, 집으로 가요."

"안 가!"

왕자는 이제 발악을 하면서 운다.

"집에 안 가! 공주 미워! 혼자서 어디로 없어지더니, 어 떻게 된 건지 말도 안 해주고…. 엄마가, 엄마가…."

고함을 치다가 왕자는 제 울음에 목이 막혀 콜록콜록 기침

하면서 점점 더 걷잡을 수 없이 울어댄다. 공주와 기사는 어찌할 바를 몰라서 통곡하는 왕자를 그저 바라보고 서 있다.

그때, 창문으로 누군가 불쑥 들어왔다.

"어른들 일이라는 게 원래 그렇게 복잡한 법이유."

III

"…유모?"

공주가 눈을 둥그렇게 뜨고 바라보는 사이에, 창문을 통해 갑자기 나타난 유모는 어린 왕자에게 다가가서 머리를 살살 쓰다듬으며 달래기 시작했다.

"운다고 해결되는 일이 아니니 얼른 뚝 그치게유. 그러다가 목 다 쉬겠구먼."

"그치만 엄마가…. 공주가…."

유모는 과연 어린애 다루는 데는 전문가라서, 왕자는 고분고분 유모가 달래는 대로 조금씩 울음을 그친다. 그러면서도 훌쩍훌쩍하면서 여전히 공주를 손가락으로 가리키며 더듬더듬 뭐라고 항의를 하려고 한다. 유모가 다시 달랜다.

"내가 좋아하는 사람들이라도, 자기들끼리는 서로 사이가 나쁠 수도 있는 법이유. 어른들 일은 어른들이 알아서 잘 해결할 테니까 그만 울고 뚝 그치게유."

그리고 유모는 공주를 가리키는 왕자의 손가락을 자기 손으로 감싸서 내린다.

"사람한테 삿대질하는 거 아니유."

"그렇지만 엄마는…, 어떻게…, 된 거야… 공주를, 왜…."

왕자가 훌쩍거리면서도 끈질기게 질문을 되풀이한다. 유모가 한숨을 쉰다. 그리고 공주에게 말한다.

"공주님이 설명 좀 해주게유. 부엌에 가서 먹을 것 좀 찾아올 테니."

그리고 유모는 천천히 한가롭게 방문으로 나가버렸다.

공주도 조그맣게 한숨을 쉬었다. 그리고 왕자의 손을 잡았다.

"이리 와서 좀 앉아봐요."

공주는 어린 왕자의 손을 잡고 이끌어 침대에 앉혔다. 그리고 자기도 옆에 나란히 앉았다.

왕자는 그렇게 앉아서 자기 손을 잡은 공주의 손을 들여다보다가 물었다.

"엄마가 공주를 죽이려고 했다는 거, 진짜예요?"

공주는 고개를 끄덕였다.

왕자가 다시 물었다.

"그래서, 여기 와서 숨어 있는 거예요? 집에 안 가고?"

공주가 다시 고개를 끄덕였다.

왕자가 또다시 물었다.

"그럼, 이젠 집에 안 갈 거예요?"

공주는 잠깐 망설였다. 왕자의 얼굴을 들여다보았다. 그리고 세 번째로, 무겁게 고개를 끄덕였다.

왕자의 눈에 다시 눈물이 고였다.

"진짜로, 집에 안 갈 거예요? 내가 부탁해도?"

공주는 어린 왕자의 손을 양손으로 꼭 감싸 쥐었다.

"왕자님이 싫은 게 아니에요."

공주가 그 손을 내려다보며 작게 속삭였다.

"난 왕비님이랑 싸우는 게 싫은 거예요."

"안 싸우면 되잖아요."

왕자가 여전히 눈에 눈물이 그렁그렁한 채로 반박했다. 공주는 그런 왕자의 눈을 들여다보았다. 그리고 다시 작게 한숨을 쉰 후에 대답했다.

"난 죽고 싶지 않아요."

왕자는 여기에는 아무 말도 하지 못했다. 눈에 고여 있던 눈물이 뺨으로 흘러내렸다.

공주가 물었다.

"왕자님도, 내가 죽는 건 싫죠?"

왕자는 계속 눈물을 뚝뚝 떨어뜨리면서도 고개를 끄덕끄덕했다.

공주가 손으로 그 눈물을 닦아주며 말했다.

"여기 있을 테니까, 보고 싶으면 언제든지 만나러 와요."

왕자가 다시 고개를 끄덕였다.

그때, 방문 쪽에서 달각달각 소리가 났다.

"이 문 좀 열어주게유!"

문밖에서 유모의 목소리가 외쳤다. 문간에 서 있던 기사가
방문을 열었다.

"부엌두 참 멀기두⋯."

유모가 투덜거리면서 쟁반에 차와 과자를 하나 가득 받쳐
들고 들어왔다.

공주와 왕자와 기사와 유모는 말없이 둘러앉아 차를 마
셨다. 가끔 왕자가 과자를 집어 입에 넣고 씹는 와그작 와그
작 하는 소리만 방 안에 울렸다.

마침내 공주가 어색한 침묵을 깨고 물었다.

"그런데 유모는 여기 어떻게 왔어요?"

"다 방법이 있지유."

유모는 비밀스럽게 웃었다. 그리고 더 이상 말하지 않았다.

다시 침묵이 흘렀다.

"그런데 용은 아까부터 도대체 어디로 간 걸까?"

공주가 중얼거렸다.

왕자가 창가로 가서 밖을 내다보았다. 그리고 돌아와서
보고했다.

"용, 저 아래에서 자요."

"그래요?"

공주가 중얼거렸다. 그리고 조금 웃었다.

"용하고 유모하고 좀 비슷하네요. 둘 다 아무 때나 막 자버리는 게….”

"다른 점도 있지유."

유모도 웃으며 말했다.

"용이 자면 내가 깨고, 내가 자면 용이 깨지유."

이 말에 공주와 기사와 왕자가 일시에 동작을 멈추었다. 공주는 찻잔을 들어 입가로 가져가려다 말고, 기사는 찻잔을 내려놓고 왕자가 다 먹어버리기 전에 과자 하나만 맛을 좀 보려고 손을 뻗다 말고, 왕자는 입 안에 과자를 하나 가득 욱여넣고 씹다 말고, 모두 유모를 응시했다.

유모가 간단하게 설명했다.

"서로 다른 두 존재가 이어지는 방식은 여러 가지가 있는 법이니께유."

말하면서 유모는 손가락으로 자기 머리를 톡톡 쳤다. 그리고 다시 비밀스럽게 웃었다.

'이어진다'는 말에 공주와 기사는 자기도 모르게 서로 쳐다보았다. 그러나 시선이 마주치자 또한 자기도 모르게 둘 다 불편한 표정으로 얼굴을 붉히며 고개를 돌려버렸다.

차를 모두 마시고, 과자도 결국 왕자가 기사에게 단 하나만 뺏기고 전부 먹어치우고 나서, 유모는 빈 찻잔과 그릇을 다시 쟁반에 주섬주섬 챙겨 들고 일어섰다. 그리고 아까처럼 한가로운 걸음으로 천천히 방문을 나섰다.

유모가 나가고 나서 기사가 왕자에게 말했다.

"저와 함께 돌아가시지요."

그 말에 왕자는 몹시 슬픈 표정으로 고개를 돌려 공주를 쳐다보았다. 공주가 천천히 고개를 끄덕였다.

왕자의 눈에 다시 눈물이 가득 고였다. 그러나 어쩔 수 없다는 듯 고개를 끄덕였다.

기사를 따라 자리에서 일어서다가 왕자가 문득 말했다.

"…그런데 칼은?"

"예?"

기사가 돌아보았다. 공주는 무슨 말인지 몰랐기 때문에 그냥 두 사람을 쳐다보았다.

왕자가 다시 물었다.

"아버지가, 칼을 가져오라고 했다고, 기사님이 그랬잖아요…."

그리고 왕자는 바닥으로 내려가서 침대 밑에 납작 엎드렸다. 그 아래 미끄러져 들어간 칼을 끄집어냈다.

공주가 옆에서 보고 있다가 물었다.

"무슨 말이에요? 누가 칼을 가져오래요?"

그래서 기사는 붉은 용의 탑을 둘러싼 황무지에서 죽지도 살지도 못하고 되살아난 기사들의 시체에게 둘러싸여 겪었던 일들을 공주에게 들려주었다.

유모가 설거지를 마치고 다시 탑 꼭대기 공주의 방으로 돌아왔을 때는 기사가 막 이야기를 마치려던 참이었다.

"다들 집에 가는 거 아니었어유?"

유모가 물었다. 공주가 고개를 저었다.

"기사님하고 왕자님이, 밤까지 여기서 기다려야 한대요, 할 일이 있다고."

"그래유?"

유모가 기사와 공주의 얼굴을 번갈아 쳐다보았다. 그러고는 두르고 있던 앞치마 주머니를 뒤적뒤적하더니 뭔가 꺼냈다.

"그럼 이것도 같이 처리하게유."

공주는 유모가 내미는 것을 받았다.

"그거 찾느라 어제 하루 죙일 정원을 돌아다녔더니 허리가 끊어질 것 같구먼."

유모가 투덜거렸다.

공주는 언젠가 그다지 오래되지 않은 옛날에 달빛 아래 자신과 기사를 평생토록 이어주리라던 붉은 실을 손에 쥔 채 기사를 돌아보았다. 기사는 공주와 눈이 마주치자 고개를 돌렸다.

"이건, 보름달 아래에서만 효력이 있지 않아요?"

공주가 물었다.

"여기는 항상 보름달이 뜨지유."

유모가 웃으며 대답했다.

IV

해가 질 때까지 기사와 왕자는 탑 안을 돌아다니면서 버려진 칼을 모았다. 공주도 거들었다.

몇 시간이나 작업하면서도 아무도 말을 하지 않았다. 각자 그 나름대로 머릿속에 여러 가지 복잡한 생각들을 이고 있었고, 그래서 누군가 침묵을 깨려고 입을 열었다가도 다른 사람들의 얼굴을 보고는 그대로 입을 다물곤 했다.

그리고 마침내 해가 졌다. 하늘에는 이미 남빛 어둠이 스며들기 시작했지만 둥글고 붉은 불덩어리가 서쪽 지평선 너머로 사라진 곳에 여전히 따스하게 주황색 기운이 남아 있는 시각에 기사는 그때까지 모은 칼을 밧줄로 한데 묶어서 끌고 탑을 나섰다. 왕자도, 기사와 공주가 말렸지만, 막무가내로 따라나섰다. 말에 오르려 했으나, 이번에도 두 사람이 타고 온 말은 모두 사라지고 없었다. 기사가 혼잣말로 욕을 하며 뭐라고 투덜거렸다.

"말이 어디로 간 거예요?"

왕자가 물었다.

"어딜 가긴유, 되살아난 시체들한테 먹힌 게지유."

기사가 깜짝 놀라서 뒤돌아보았다. 어느새 나타난 유모가 탑 아래 쪽문 옆, 공주 뒤에 서 있었다.

유모가 왕자를 보면서 진지하게 말했다.

"왕자님은 여기 있게유. 이런 데는 어른이 가야 하는 법이유."

그러나 왕자도 역시 진지하게 고개를 저었다.

"아버지의 칼은 내가 돌려드려야 해요."

유모는 심각한 얼굴로 왕자를 쳐다보았다. 그러나 왕자의 표정을 잠시 들여다보고는 진중하게 고개를 끄덕였다.

공주가 옆에서 기사에게 물었다.

"이거, 잘라버려도 되죠?"

기사는 공주가 내민 빨간 실을 내려다보았다. 그리고 복잡한 표정이 되어 잠시 생각하다가 고개를 끄덕였다. 그리고 속삭였다.

"…죄송합니다."

공주는 손에 쥔 붉은 실을 들여다보며 대답 대신 조금 쓸쓸하게 웃었다.

그리고 기사는 칼 뭉치를 묶은 밧줄을 어깨에 메고 끌고 가려 했다. 그 모습을 보고 유모가 말했다.

"잠깐 기다리게유. 그걸 다 지고 가다간 한 마장도 못 가서 쓰러지겠구먼."

그리고 유모는 손가락을 딱, 하고 울렸다.

그러자 멀리서 다각다각 하는 말발굽 소리가 들려오기 시작했다. 그리고 곧, 남빛이 짙어지는 어둠 속에서, 푸른 인광 네 개가 나타나 점점 가까이 다가왔다.

"뭐예요, 저게? 어떻게 한 거예요?"

공주가 놀라서 물었다.

유모는 다시 비밀스럽게 웃었다. 그러나 아무 말도 하지 않았다.

말들은 어둠 속에서 보기에 눈에 새파란 불이 켜진 것 외에는 아무 이상도 없어 보였다. 그러나 올라타려고 가까이 가서 보니 기사가 타고 온 말은 엉덩이에, 왕자의 말은 오른쪽 앞다리 부근에 물린 심하게 물린 자국이 있었다. 가죽이 뜯어지고, 그 아래에서 흘러나온 피는 이미 시커멓게 죽어 있었다.

말을 타려는 기사와 왕자에게 유모가 말했다.

"절대로 물리지 말게유. 말한테나, 그 기사들한테나."

기사가 고개를 끄덕였다. 왕자도, 영문도 모르면서 같이 고개를 끄덕였다.

유모가 덧붙였다.

"물릴 것 같으면, 말을 내주고 도망치게유."

왕자가 뭐라고 항의하려 했다.

"그렇지만, 내 말은…."

"…이미 죽었습니다."

기사가 옆에서 짧게 내뱉었다. 왕자는 입을 다물었다.

그리고 두 사람은 떠났다. 왕자와 기사가 어둠 속으로 사라져 보이지 않게 된 뒤에도, 다각다각 하는 말발굽 소리와 함께, 낡고 녹슨 칼 뭉치가 땅의 돌과 모래에 서로서로 부딪히는 덜그렁 덜그렁하는 쇳소리가 오랫동안 들려왔다.

V

왕자와 기사는 침묵 속에서 말을 타고 조용히 나아갔다. 어둠은 갈수록 차차 짙어져서 이제 주위가 전혀 보이지 않게 되었고, 타고 있는 말의 눈에서 이는 새파란 인광만 바로 앞에 보일 뿐이었다. 왕자와 기사는 죽은 말에게 길을 맡긴 채 어디로 가는지도 모르면서 어둠 속을 떠 갔다.

갑자기 왕자가 물었다.

"우리 엄마, 좋아해요?"

기사는 왕자를 돌아보았다. 그러나 짙은 어둠 때문에 왕자의 얼굴은 보이지 않았다.

왕자가 다시 물었다.

"우리 엄마, 좋아하냐고요."

"…예."

기사가 대답했다.

왕자는 더 이상 아무 말도 하지 않았다.

다시 한동안 침묵이 흘렀다.

그러다 왕자가, 아까처럼 갑자기, 말했다.

"아버지는 엄마를 별로 안 좋아했어요."

기사는 뭐라고 대답해야 할지 알 수 없었기 때문에 대답하지 않았다.

다시 침묵 속에 한동안 어둠을 헤치고 나아가다가, 어린 왕자가 다시 말했다.

"아버지는, 나도 별로 안 좋아했어요."

"하지만 이젠…."

기사는 뭔가 대답하려 했다. 그러나 그 순간, 마치 마법처럼, 깜깜하던 하늘에 돌연히 달이 나타났다. 수십 개의 횃불을 켠 것처럼 달은 희고 투명하고 차가운 빛을 사방에 흩뿌렸다.

그리고 왕자와 기사는 저 앞에서 언뜻 작고 성긴 숲처럼 보이는 것이 천천히 다가오고 있음을 알았다.

"저게 뭐예요?"

왕자가 속삭였다.

기사는 대답하지 않고 소리 없이 말에서 내렸다. 밧줄에 묶어 끌고 온 칼 뭉치를 풀었다. 왕자가 따라 내리려 하자 손짓으로 저지했다.

가지도 잎사귀도 없는 나무들이 달빛 아래에서 점점 가까이 다가왔다. 갈라진 목소리가 물었다.

— 너희는 누구인가?

그와 함께, 생명을 잃었으되 죽지 못하고 썩어가는 시체들의 무리가 희고 찬란한 달빛 아래 모습을 드러냈다.

VI

높은 탑의 창문을 통해서 희고 찬란한 달빛이 흘러들어왔다. 공주는 붉은 실을 든 손을 창밖으로 내밀었다. 실은 달빛을 받아 은가루를 뿌린 것처럼 반짝였다. 공주는 그 모습을 잠시 홀린 것처럼 바라보았다.

"예쁘지유?"

유모가 옆에서 말했다. 공주는 조금 웃으며 고개를 끄덕였다.

"정말로, 후회하지 않겠어유?"

공주는 다시 고개를 끄덕였다.

그리고 공주는 다른 한 손에 단검을 들고 창밖으로 내밀었다. 환하게 떠오른 보름달 아래, 엉켜버린 붉은 실을 칼날에 걸고 당겨서 끊었다. 조각조각 끊어진 실은 하얀 달빛속에 둥실 떠서 마치 붉은 꽃잎처럼 천천히 탑 아래로 떨어져서 곧 보이지 않게 되었다.

VII

밤의 어둠 속에서 되살아난 기사들의 시체를 보고 왕자는 말의 고삐를 당겼다. 말은 걸음을 멈췄다가 뒷걸음질 쳤다.

기사는 말에서 내렸다. 밧줄로 묶은 칼 뭉치를 끌고 앞으로 나아갔다.

언젠가 보았던, 목이 잘려 해골을 옆구리에 낀 시체가 선두에 서서 물었다.

— 너희는 누구인가?

그 뒤에서, 두 눈의 안구가 모두 떨어져 나가고 휑한 눈구멍만 남은 시체가 물었다.

— 너희도 우리와 같은가?

"우리도 너희와 같다."

기사가 대답했다.

"우리도 기사다."

— 기사는 임무를 수행한다.

사지가 모두 절반씩 썩어 떨어져 나가서 바닥을 기는 시체가 말했다.

— 우리의 임무는 용을 죽이는 것이다.

얼굴의 절반이 부서져 나가고 나머지 절반은 살가죽이 썩어 허물어진 시체가 말했다.

"나의 임무는 너희에게 칼을 돌려주는 것이다."

기사가 대답했다. 그리고 허리에 차고 있던 칼을 뽑아서 낡고 녹슨 검 뭉치를 묶은 밧줄을 끊었다. 양손에 낡은 칼을 하나씩 잡고 높이 들어 올린 채 말했다.

"칼의 주인은 누구인가? 너희에게 안식을 찾아주려고 돌아왔다."

되살아난 기사들의 죽은 시체가 기사를 에워싸고 점점 좁혀 들어왔다. 한 팔이 떨어져 나간 시체가, 기사가 높이 쳐든 검을 향해 아직 떨어져 나가지 않은 다른 팔을 뻗었다.

— 칼….

한 팔이 없는 시체가 중얼거렸다.

— 안식을….

시체의 떨어져 나가지 않은 다른 쪽 팔이 언젠가 자신이 소유했던 검에 닿은 순간, 검은 먼지가 되어 부서졌다. 그와 함께 시체도 영원히 죽어 다시는 되살아나지 못할 백골로 변하여 땅에 쓰러져 버렸다.

한쪽 옆구리에 해골을 낀 목 잘린 시체도 기사에게 다가와서 다른 한 팔을 뻗었다.

— 칼….

시체의 옆구리에 낀 해골이 턱뼈를 덜그럭거렸다.

— 내 검….

그리고 이번에도, 시체의 팔이 검에 닿은 순간, 검은 먼지로 화(化)하고, 시체의 영혼은 저승으로 사라져, 죽은 기사는 땅에 쓰러져 영원히 다시 일어나지 않았다.

기사는 다시 칼 뭉치에서 검을 꺼내 높이 처들었다. 되살아난 기사들의 시체는 점점 더 가까이 다가와서 기사를 에워쌌다. 기사의 어깨를, 팔을, 다리를 잡아당겼다. 기사가 몸을 돌려 빠져나오려 했을 때는 이미 늦었다.

"왕자님…!"

되살아난 시체들에게 완전히 둘러싸여, 시체들에게 짓눌려, 뜯어먹히면서 기사가 외쳤다.

"도망치십시오…!"

그 소리를 듣고 왕자는 말에서 내렸다. 기사를 향해 달려갔다. 그러나 미처 가까이 가기도 전에, 흰 물결처럼 사방을 가득 채운 달빛 아래 나타난 한 창백한 형체에 가로막히고 말았다.

— 아들아.

죽은 국왕의 유령은 공포에 질린 소년의 얼굴을 내려다보며 핏기 없는 웃음을 지었다.

기사가 되살아난 시체들에게 뜯어 먹히면서 지르는 무시무시한 비명소리를 들으며, 죽은 아버지의 창백한 유령 앞에서 소년은 떨리는 손으로 천천히 허리에 찬 칼을 풀어서 내밀었다. 죽은 국왕의 유령은 아들이 내미는 칼을 받아들었다.

— 돌려주었구나….

죽은 국왕의 유령이 속삭였다.

— 이제 나를 묻어다오….

그리고 죽은 국왕의 유령은 칼과 함께 사라졌다.

소년이 정신을 차렸을 때는 기사의 비명소리가 이미 그 친 뒤였다.

되살아난 시체 중에서 자기 칼을 찾아낸 이들은 이미 백골이 되어 땅에 쓰러졌다. 그러나 칼을 찾지 못한 이들은 이제 소년 쪽으로 고개를 돌리고 천천히 일어서서 다가오기 시작했다. 새하얀 달빛 아래 시체들의 썩어가는 살점과 빛바랜 뼈가 똑똑히 보였다.

소년은 천천히 뒷걸음질 쳤다. 그러다가 등 뒤에 서 있던 말에게 부딪쳤다. 어린 왕자는 서둘러 말에 올랐다. 그리고 말 머리를 돌리고 박차를 가하여 달리기 시작했다.

달이 다시 모습을 숨겼다. 하늘을 가득 채웠던 은빛이 사라졌다. 왕자는 죽은 말을 타고 칠흑 같은 어둠 속을 달렸다. 뒤에서는 되살아난 시체들이 천천히, 쉬지 않고, 쫓아왔다.

VIII

왕자는 날이 밝을 때까지 말을 달렸다. 동녘의 빛이 하늘

을 채우고 사방으로 뻗어 나가 왕자가 탄 말을 비춘 순간,
말은 땅에 쓰러져 뼈만 남은 채 움직일 수 없게 되었다.

왕자도 땅으로 튕겨 나가 그대로 정신을 잃었다.

IV

왕자를 발견한 것은 국경 반대쪽, 그러니까 왕자의 고국
쪽에서 땔나무를 찾아다니던 숲지기였다. 이전에 공주나 기
사가 거쳤던 것과 비슷한 경로로, 그러나 차이가 있다면 국
경의 반대쪽에서, 왕자는 숲지기의 집과 인근 영주의 성을
거쳐 왕궁으로 귀환했다.

왕궁으로 돌아와서 왕자는 이레 낮 이레 밤 동안 죽을 듯
이 앓았다. 어머니인 왕비의 극진한 간호 아래 일주일간 밤
낮으로 앓다가 마침내 깨어나서 왕자는 눈을 뜨자마자 뭐라
고 속삭였다. 왕비는 아들의 입 쪽으로 귀를 바짝 가져다 댔다.

"아버지를 묻어드려야 해요."

왕자가 말했다.

뭐라고 말해도 듣지 않고 왕자는 이 한마디만 되풀이했
다. 그래서 관에 넣어 왕궁 앞에 전시해놓았던 국왕의 시체
는 드디어 매장되어 땅속에서 영원한 안식을 찾게 되었다.

X

국왕을 매장하던 날에는 아침부터 하루 종일 안개 같은 비가 뿌렸다. 햇빛이 보이지 않고, 하늘은 회색으로 침침하고 음산했다.

관을 싣고 가는 마차 앞뒤로 군대가 행진하고, 장지에 도착해서는 사제가 길고 긴 기도문을 읊으며 장엄한 의식을 거행했다. 그리하여 회색으로 흐렸던 하늘이 침침한 푸른빛으로 어두워져 가기 시작할 무렵 드디어 국왕의 시체가 든 관은 검은 끈에 묶여 땅속으로 내려갔다. 관습대로 후계자인 왕자가 입고 있던 검은 윗옷을 벗어서 찢은 뒤 구덩이 속 관 위로 던졌다. 이어서 왕비가, 관습과는 상관없이, 손에 끼었던 결혼반지를 검은 비단에 싸서 구덩이 속으로 던졌다. 그리고 시종들이 관 위로 흙을 덮기 시작했다. 왕비와 왕자, 그리고 구덩이 주위에 도열한 여러 대신과 귀족들은 관이 완전히 흙에 묻히고 구덩이가 편편하게 메워질 때까지 둘러서서 지켜보았다.

마침내 매장이 끝났다. 사제가 다시 기도문을, 이번에는 간단하게 읊었다. 역시 관습에 따라 왕비와 왕자는 무덤의 흙을 한 줌 집어 입을 맞추고 도로 무덤 위에 뿌린 뒤 준비해 온 돌멩이를 그 위에 얹었다. 참석한 여러 대신과 귀족들도 서열에 따라 한 사람씩 차례로 똑같이 되풀이했다.

의식이 전부 끝났을 때는 이미 사방이 어둠이 깔리고 있었다. 시종들이 높이 쳐든 횃불의 불빛을 따라 사람들은 하나씩 둘씩 장지를 떠나기 시작했다.

그때, 뒤에서 달그락, 달그락, 하는 소리가 들렸다. 마지막까지 무덤 곁에 서 있던 왕자가 가장 먼저 멈추어 서서 돌아보았다. 왕자가 멈추어 섰기 때문에 왕비도 함께 멈추어 서서 돌아보았다.

무덤에서 다시 달그락, 달그락, 하는 소리가 났다.

왕자는 횃불을 비출 것을 명했다. 그러나 시종들은 아무도 다가가려 하지 않았다. 왕자가 한 시종이 들고 있던 횃불을 빼앗아 무덤에 가까이 갔다. 그 뒤에서 왕비가 따라왔다.

달그락, 달그락, 하는 소리는 무덤을 덮었던 돌멩이가 움직이는 소리였다. 왕자가 보는 앞에서 돌멩이 사이를 비집고 창백한 손이 한 개 튀어나왔다. 그리고 또 한 개.

왕자는 뒤로 물러섰다.

손은 무덤을 덮은 돌멩이를 아무렇게나 치우고는 흙을 긁어내기 시작했다.

왕비가 시종들을 불렀으나 아무도 감히 가까이 가려 하지 않았다. 사제는 멀찍이 서서 열심히 큰 소리로 기도문을 읊었다.

손은 믿을 수 없는 속도로 움직여서 흙을 전부 치웠다. 그리고 시체가 칼을 들고 무덤 속에서 일어섰다.

흙투성이가 되어 되살아난 국왕의 시체는 창백한 미소를 지으며 왕의 검을 들고 천천히 왕자가 서 있는 쪽으로 다가왔다. 왕자는 그대로 얼어붙었다. 뒤에 있던 왕비가 얼른 아들 앞으로 와서 막아섰다.

"폐하, 당신은 이미 죽었습니다."

바로 앞까지 다가온 국왕의 시체에게 왕비가 조용히 말했다.

"아직도 이승을 떠도는 이유가 무엇입니까?"

국왕의 시체가 다시 창백한 미소를 지었다. 그리고 대답했다.

— 너다.

그와 함께 국왕의 시체는 검을 치켜들고 왕비를 향해 내리쳤다.

왕의 시체가 칼을 내리친 순간 왕비는 양손을 들어 칼날을 잡았다. 그러나 검은 왕비의 손바닥을 베며 그대로 전진하여 목에 박혔다. 왕비는 땅에 쓰러졌다.

왕자가 어머니를 부르며 달려들었을 때, 그리고 마침내 정신을 차린 시종들이 횃불을 들고 달려왔을 때는 국왕의 시체도 국왕의 칼도 모두 사라지고 없었다. 단지 피 흐르는 손으로 피 흐르는 목을 붙잡은 채 눈을 크게 뜨고 쓰러진 왕비의 시체뿐이었다.

XI

궁정의 의사가 왕비의 사망을 판정한 후, 관례대로 왕비의 시체 또한 관에 넣어 왕궁 앞에 전시해 두었다.

다음 날, 관만 남기고 왕비의 시체는 사라졌다.

왕자는 아버지의 시체가 살아나 어머니를 죽인 날부터 말을 하지도 침전에서 나오지도 않게 되었다.

그렇게 한 달이 지났을 때, 공주가 왕궁으로 돌아왔다.

XII

공주는 곧바로 왕자의 침전으로 향했다. 당혹해하는 시종들의 설명을 들으려 하지 않고 문을 열었다.

왕자는 침대 위에 앉아 있었다. 공주가 들어오는 소리를 듣고 왕자는 고개를 돌렸다. 공주를 보고 왕자의 표정이 변했다. 왕자는 천천히 침대에서 일어섰다.

공주는 조심스럽게 다가가서 왕자의 손을 잡았다.

"나와 함께 가겠어요?"

공주가 속삭였다.

"보여주고 싶은 것이 있어요."

왕자는 한참 동안이나 말없이 공주의 눈을 응시했다. 그리고 마침내 고개를 끄덕였다.

XIII

공주를 따라서, 왕자는 태양의 남쪽을 향해 말을 달렸다. 몇 날 며칠 말을 달리는 험난한 여정을 거쳐, 공주와 왕자는 붉은 용의 탑을 둘러싼 황무지에 도착했다. 그곳에서 공주는 말을 멈추고 해가 질 때까지 기다렸다.

서쪽으로 저물어가는 둥글고 붉은 불덩어리를 바라보면서 공주가 왕자에게 물었다.

"나, 원망하지 않아요?"

왕자는 대답하지 않고 의아한 표정으로 공주를 쳐다보았다.

공주가 말했다.

"내가 도망치지 않았더라면, 붉은 용을 부르지 않았더라면, 이 황무지로 오지 않았더라면, 살기 위해 몸부림치지 않고 운명에 모든 것을 맡겼더라면, 그랬더라면 이 모든 일은 일어나지 않고, 왕자님은 지금쯤 어머니와 함께 왕궁에서 평온하게 지내고 있었을지도 몰라요. 날, 원망하지 않아요?"

왕자는 고개를 숙이고 아무런 대답도 하지 않았다.

해가 지평선 너머로 완전히 사라지고, 마침내 짙은 쪽빛 어둠이 사방을 물들이기 시작했다. 공주는 다시 말에 올랐다. 왕자도 말없이 따라서 말에 올랐다. 그리고 두 사람은 침묵 속에서 점점 짙어지는 칠흑 같은 어둠을 헤치며 한동안 북쪽으로 말을 몰았다.

얼마나 달렸을까, 갑자기 새까만 하늘이 갈라지며 하얀 달이 모습을 드러냈다. 언젠가 보았던 것처럼, 달은 망망대해를 비추는 등대와도 같이 진하고 투명하고 차가운 빛을 사방에 흩뿌렸다.

공주가 말을 멈췄다. 말에서 내렸다.

왕자도 따라서 말에서 내렸다.

그리고 두 사람은 기다렸다.

달은 검은 하늘을 한가롭게 떠 갔다. 천천히 여유롭게 흘러서 달은 하늘 한복판에 이르렀다. 새하얗고 둥근 얼굴이 죽음과 삶의 경계에 띠를 두른 황무지를 무심하게 내려다보았다.

그리고 그 황무지에 두 개의 창백한 형상이 나타났다.

왕자는 목 한쪽을 뜯어 먹히고 가슴 한복판에 구멍이 뚫린 기사와, 양손과 목을 칼에 베여 상처를 입은 어머니를 알아보았다.

왕비는 달빛 아래 서서 자신이 어디 있는지 모르는 사람이 흔히 하듯이 두리번거리며 주위를 둘러보았다. 그런 왕비에게 기사가 다가갔다. 왕비는 조금 놀랐다가 기사를 알아보고 이내 안심하는 것 같았다.

기사는 왕비 앞에 한쪽 무릎을 꿇었다. 그리고 가슴에 뚫린 구멍에 한 손을 넣어 심장을 꺼냈다. 무릎을 꿇은 채로 왕비 앞에 내밀었다.

왕비는 기사를 내려다보며 미소 지었다. 심장을 받아들었다. 그리고 먹기 시작했다.

그 광경을 바라보던 왕자가 흠칫 몸을 떨었다. 공주는 차가워진 왕자의 손을 꼭 잡았다.

왕비가 기사의 심장을 다 먹고 나자 기사는 일어섰다. 손가락으로 왕비의 입가에 묻은 피를 부드럽게 닦아냈다. 그리고 기사는 왕비에게 입 맞추었다.

새하얀 달빛 아래에서 기사는 창백했다. 왕비만이 이전과 같은, 다만 이전보다 조금 옅은, 황금빛으로 빛났다. 죽은 기사와 죽은 왕비의 입맞춤은 길고 열정적이었다. 그리고 기사와 왕비는 다정하게 손을 잡고 달빛 속으로 천천히 걸어 들어가서 이윽고 사라졌다.

죽지도 살지도 않았으므로, 그들은 저 세계로 넘어가서

이승의 삶과 사랑을 잊지도 못하였고, 또한 이승으로 돌아와서 속세의 욕심이나 이해관계에 얽매이지도 않게 되었다. 부드러운 달빛이 하얗게 서린 어둠 속에서 그들은 영원한 평온과 정적 속에 영원히 단둘이 남아 있었다.

"매일 밤 저렇게 만나서, 매일 밤 저렇게 같이 사라지는 것 같아요."

공주가 속삭였다.

왕자가 아주 오랜만에 입을 열어, 낮고 갈라지는 목소리로 물었다.

"어머니는…, 행복하실까요?"

공주는 고개를 끄덕였다.

"연인과 영원토록 함께할 시간이, 매일 밤 처음 시작되어 앞으로도 결코 끝나지 않을 테니까요."

왕자는 잠시 아무 말도 하지 않았다. 그리고 공주의 손을 부드럽게 감싸 쥐었다.

"…고마워요."

왕자가 속삭였다.

그리고 왕자는 공주의 어깨에 얼굴을 대고 오랫동안 울었다.

왕자의 눈물이 따뜻하게 어깨를 적시는 동안, 공주는 왕자가 이제 더 이상 어린아이가 아니며, 다시는 이전의 순진무구한 소년으로 돌아갈 수 없게 되었음을 어렴풋이 깨달았다.

XIV

왕자와 공주는 왕궁으로 돌아왔다.

돌아온 뒤에도 왕자는 한동안 침전에서 나오려 하지 않았다. 그러나 공주가 침전에 찾아오면 반가워했고, 오로지 공주하고만 오랫동안 이야기를 나누었다. 그리고 얼마간 시간이 지난 후에 왕자는 마침내 스스로 침전에서 나오게 되었다.

그런 후에 즉위식을 거쳐 왕자는 왕이 되었다. 공주도 그와 함께 왕비가 되었다.

두 사람은 조용히 서로를 의지하며 자신의 본분을 다하기에 힘썼다.

XV

바쁘고 어지럽게 살아가는 와중에도 보름달이 뜨는 밤이면 이제 국왕이 된 왕자는 가끔 말을 달려 어디론가 사라졌다. 왕비가 된 공주는 남편이 어디로 가는지 굳이 묻지 않았다. 가끔은 둘이 함께 사라지기도 했다.

황무지의 무심하게 아름다운 달빛 아래서, 두 사람은 죽은 기사와 죽은 왕비가 끝없이 처음으로 단둘이 만나서 처

음으로 사랑을 맹세하고 처음으로 손을 잡고 함께 달빛 속
으로 사라지는 광경을 몇 번이고 몇 번이고 지켜보았다. 기
사와 왕비의 모습이 사라지고 나면 왕자는 언제나 공주의
손을 꼭 쥐었다. 그리고 때때로 그 손등에 조심스럽게, 오
랫동안, 입 맞추었다.

그런 후에 공주는 때때로 동이 틀 때까지 말을 달려서
붉은 용의 탑으로 돌아갔다. 그곳에서 유모가 끓여주는 차
를 마셨다. 혹은 유모가 탑 꼭대기 공주의 방 침대에 누워
잠들어 있을 때면, 창문 밖으로 보이는 붉은 용의 거대한
보라색 눈동자와 함께 수다를 떨었다.

그렇게 이야기는 몇 번이고 몇 번이고 붉은 용의 탑으로
되돌아온다. 그러나 끝에 가면 언제나, 공주는 왕자와 함께
집으로 돌아갔다.

그리고 두 사람은, 감히 바라건대, 아마도 오래오래 행
복하게 살았을 것이다.

사막의
빛

마을에는 몇 년에 한 번씩 주기적으로 흉년이 들었다. 소녀의 마을에 동방의 상인들이 찾아온 것도 바로 그런 해였다.

　그 전 해부터 이례적으로 심하게 가물었다. 봄부터 여름까지 비가 한 방울도 내리지 않았다. 본래 비옥했던 땅은 바작바작 타들어 가고 언제나 풍요롭게 이삭이 패고 알곡을 맺던 호밀과 귀리는 모두 말라 죽었다. 가을이 지나 겨울이 왔지만 눈이 한 송이도 내리지 않았다. 대지는 이듬해 봄에 싹을 틔워야 할 씨앗을 품은 채로 말라붙어 딱딱하게 굳었다. 메마른 봄이 지나 여름이 오자 벌판은 황무지가 되었다.

마을 사람들은 먹을 것을 찾아 하나둘씩 떠났다. 걸을 수 있는 나이의 아이들은 가장 가까운 마을부터 차례로 훑으며 구걸을 했고, 조금 더 기운이 있는 어른 남자들은 일자리를 구하기 위해 수도로 향했다.

소녀의 아버지도 그렇게 떠났다. 이어서 두 동생이 도망쳤다. 소녀와 함께 집에 남은 것은 어머니와 막냇동생이었다. 어머니는 아버지와 동생들이 돌아오기를 기다렸고, 막냇동생은 아직 너무 어린 데다 오랫동안 굶어 몸이 약해져서 떠나지 못했다. 그리고 소녀는 어머니와 아픈 동생이 걱정되어 떠날 수 없었다.

동생은 죽어가고 있었다. 배가 머리통보다 더 크게 부어오르고 팔다리는 가뭄에 타 죽은 나무의 가지처럼 꼬치꼬치 말랐다. 먹을 것이라고는 햇볕에 타서 온통 쩍쩍 갈라진 밭에서 캐온 풀뿌리와 이미 다 벗겨서 더 벗길 것도 없어진 나무껍질밖에 없었다. 그것으로는 건강한 어른이라도 목숨을 지탱할 수 없었다. 동생에게는 빵이 필요했다. 그래서 동방에서 온 상인들이 자루 속에 가득 든 밀가루를 보여주었을 때 소녀는 무조건 고개를 끄덕였다.

소녀가 상인들을 따라 집을 떠날 때 어머니는 울었다. 어머니 품에 안긴 어린 동생은 눈물조차 흘릴 기운이 없어 얼굴만 찡그렸다. 그 얼굴은 오랜 굶주림에 말라붙어 노인처럼 쪼글쪼글했다.

"신이여, 자비를 베푸소서."

어머니가 눈물을 떨구며 중얼거렸다.

상인들과 함께 소녀는 동쪽으로, 동쪽으로 걸어갔다. 메카를 향해 기도하는 시간을 제외하면 상인들은 해가 떠 있는 동안 쉬지 않고 움직였다. 천천히, 느긋하게, 그러나 끊임없이. 그래서 소녀도 상인들과 함께 걸었다.

그렇게 걸어서 지나간 마을들은 모두 소녀의 고향과 비슷한 모습이었다. 주인을 잃은 빈집들이 여기저기 을씨년스럽게 쓰러져 가고, 남아 있는 사람들은 모두 배가 커다랗게 부풀고 팔다리가 꼬치꼬치 마른 어린아이들 아니면 노인이었다. 굶어 죽어가는 사람들은 구걸할 기운조차 남지 않아서 소녀와 상인들을 그저 크게 뜬 눈으로 바라보기만 했다.

그런 모습을 보면서 소녀는 고향에 두고 온 엄마와 어린 동생을 떠올렸다. 그러나 도망치지는 않았다. 도망칠 수 없었다. 고향의 가족들은 입을 하나라도 덜어야 했고, 집이 아니라면 달리 갈 곳이 없었다. 게다가 도망치는 길에 굶어 죽을 수도 있었고, 방금 지나온 마을에서는 굶주린 사람들이 서로 잡아먹는다는 소문까지 돌았다.

최소한 상인들과 함께 있으면 음식과 물은 얻을 수 있었다. 상인들은 소녀에게 특별히 친절하지는 않았지만 괴롭히지도 않았다. 그저 때가 되면 먹을 것과 마실 것을 주고, 엎드려 기도할 때 말고는 하루 대부분을 걷고, 해가 지면 묵을 곳을 정해서 잠을 자고, 다음 날 해가 뜨면 다시 일어나 걸을 뿐이었다. 그래서 소녀는 계속해서 상인들과 함께 동쪽으로 동쪽으로 하염없이 걸어갔다.

수도에 도착했을 때는 겨울이 되어 있었다. 상인들은 저잣거리로 나갔다. 소녀도 따라갔다. 성안에서는 대공이 아버지인 왕과 전쟁을 하기 위해 북동쪽으로 군대를 이끌고 떠났다는 이야기가 떠돌고 있었다. 대공이 전쟁에 이겨서 이 나라의 거대한 땅을 통일할 것인가, 아니면 왕이 남쪽으로 쳐내려올 것인가? 성안의 사람들은 술을 마시고 고기를 먹으며 그런 이야기를 흥미진진하게 떠들어댔다. 성문만 나서면 바로 그 바깥에서 사람들이 굶어 죽어가고 어린아이들이 떠돌아다니며 음식을 구걸하는데, 그런 일에는 아무도 관심조차 두지 않는 것 같았다.

상인들은 저잣거리에서 우선 겨울을 지낼 털가죽 옷과 가죽 신발을 샀다. 물건을 파는 사람들과 말이 통하지는 않았지만, 상인들은 털가죽을 만져보고 뒤집어보고 털을 뜯어 햇빛에 비춰보고 손가락으로 문질러보며 세밀하게 조사한 후 돈주머니를 조금만 열어 가게 주인에게 반짝이는 은전을 보여주었다. 그리고 손가락을 세워 숫자를 내보이며 고개를 끄덕이거나 흔드는 등 능숙하게 흥정했다. 털가죽과 신발을 충분히 사고 나서 상인들은 저잣거리의 나머지 가게들을 돌아다니며 앞날을 알려준다는 성화(聖畵), 물을 포도주로 바꾸어준다는 돌, 손대는 자의 팔다리를 산산조각낸다는 신성한 칼 따위를 구경했다. 그런 상인들 곁에 살짝 비켜서서 소녀는 혹시 수도로 떠났다는 아버지를 만나게 되지나 않을까 사방을 두리번거렸다.

"뭘 찾니, 꼬마야?"

소녀는 고개를 들었다. 덩치가 커다랗고 지저분한 누런 턱수염을 아무렇게나 기른 뚱뚱하게 배가 나온 남자가 검은 털모자 아래 밀가루처럼 허연 얼굴에 싱긋 웃음을 띠며 다시 말했다.

"배가 고프냐? 먹을 걸 줄까?"

그리고 남자는 소녀에게 흑빵을 한 조각 내밀었다.

상인들이 먹는 납작한 빵이 아닌, 촉촉하게 윤기가 흐르고 먹음직스러운 향을 풍기는 진짜 흑빵을 보자 소녀는 입안에 군침이 돌았다. 그러나 털이 부숭부숭한 남자의 손을 보고 조금 무서워져서 받지 않았다.

"수도에는 혼자 왔니?"

남자가 다시 싱긋 웃으며 물었다. 소녀는 머리를 흔들고, 바로 뒤에 서서 흥정에 여념이 없는 동방의 상인들을 고갯짓으로 가리켰다.

"아하, 동쪽에서 온 이교도들에게 잡혀 있구나?"

남자가 턱수염으로 뒤덮인 얼굴을 씰룩거리며 웃었다. 그리고 소녀에게 몸을 숙이고 은밀하게 눈짓을 하면서 목소리를 낮추어 말했다.

"그 냄새 나는 동방의 이교도들이 정교를 믿는 너 같은 아이들을 데려다가 무슨 짓을 하는지 아니?"

소녀는 몸을 움츠리며 고개를 저었다. 남자가 조금 더 몸을 숙이고 소녀의 귀에 얼굴을 바짝 갖다 댔다.

"그자들은 너처럼 어리고 예쁜 여자아이들을 높은 탑에 가둬두고 상상도 못 할 짓을 한단다."

남자가 속삭였다.

숨결에서 역한 술 냄새를 풍기며 남자는 소녀의 귓가에 대고 동방의 이교도들이 정교를 믿는 어린 소녀들에게 저지르는 더럽고 끔찍한 일들을 자세히 이야기했다. 소녀가 점점 더 겁을 먹고 움츠러드는 모습을 보며 남자는 만족스러운 표정으로 말했다.

"…그리고 그 일이 다 끝나면 눈알을 뽑고 혀와 귀를 자른 뒤에 사막에 내버린단다. 눈이 멀고 귀가 들리지 않게 된 너 같은 아이들이 사막을 헤매다 쓰러지면 새들이 날아와 쪼아 먹고 들짐승들이 몰려와 뜯어먹게 되는 거지."

소녀는 조금 뒷걸음질 쳤다. 남자가 한 걸음 다가와서 굵고 털이 숭숭한 손가락으로 소녀의 뺨을 만졌다.

"그러니까 꼬마야, 나랑 같이 가자. 아저씨가 맛있는 것도 주고, 아무도 널 해치지 못하게 잘 보호해줄 테니까, 응?"

그렇게 말하면서 남자는 점점 더 얼굴을 가까이 대면서 조금씩 몸을 낮추었다. 그리고 한 손으로 소녀의 허리를 움켜잡고 다른 손을 치마 밑으로 넣으려 했다.

소녀는 비명을 지르며 펄쩍 뛰었다. 동방의 상인들이 흥정하다 말고 돌아보았다. 소녀는 겁에 질려 뒷걸음질 치다가 뒤에 서 있던 동방의 상인과 부딪쳤다.

상인은 소녀를 내려다보았다. 그리고 남자를 쳐다보았다. 다른 상인들도 남자를 쳐다보았다. 남자가 상소리를 중얼거리며 소녀를 향해 손을 뻗었다. 소녀와 부딪친 상인이 소녀를 붙잡아 자신의 등 뒤로 숨겼다. 다른 상인들이 그 옆으로 다가섰다.

남자는 상인들을 번갈아 쳐다보면서 욕설을 퍼부었다. 그러나 허리띠에 단검을 꽂은 상인들이 무표정한 얼굴로 말없이 마주 쳐다보자 슬금슬금 저잣거리의 군중 사이로 사라져버렸다.

남자가 가버리자 소녀를 숨겨준 상인은 등 뒤에 몸을 움츠리고 선 소녀를 엄격한 표정으로 내려다보았다. 그리고 한 손을 들었다. 소녀는 상인이 때릴 것이라고 생각해서 고개를 숙였다. 그러나 상인은 때리는 대신 소녀의 머리를 쓰다듬었다.

소녀는 조금 놀라서 올려다보았다. 상인은 무서운 표정을 지으며 자기 발 바로 옆을 가리켰다. 곁을 떠나지 말라는 뜻으로 알아듣고 소녀는 고개를 끄덕였다. 그러자 상인은 다시 한 번 머리를 쓰다듬어 주고는 말없이 돌아서서 하던 흥정을 계속했다.

수도에서 상인들은 눈길을 끄는 여러 가지 신기한 물건들을 젖혀두고 별로 쓸모가 없어 보이는 평범하고 조그만 단지를 하나 샀다. 소녀를 등 뒤에 숨겨주었던 상인이 그 단지를 소녀에게 내밀며 뭔가 말했다. 알아들을 수는 없었지만, 표정과 손짓으로 소녀는 그 단지를 잘 지키라는 뜻일 것이라고 짐작했다.

그날 밤은 오랜만에 들판이 아닌 여인숙에서 묵었다. 상인들이 모두 잠들고 나서 소녀는 단지 뚜껑을 몰래 열어보았다. 단지 안은 겨울인데도 얼지 않은 물로 가득 찼고, 그 물속에서 소녀의 새끼손가락만 한 조그만 물고기가 열심히 헤엄치고 있었다. 여인숙은 어두웠지만, 창문으로 비쳐 들어오는 희끄무레한 달빛 아래서 물고기의 비늘은 푸르스름한 은색으로 빛났다. 그 비늘이 예쁘고 처음 보는 물고기가 신기해서 소녀는 단지 안을 오랫동안 들여다보았다. 아껴두었던 빵조각을 꺼내 조금 부스러기 내어 뿌려주었다. 조그만 물고기는 표면으로 올라와서 빵 부스러기를 맛있게 받아먹었다. 소녀는 즐거워졌다.

빵 부스러기를 모두 먹고 나서 조그만 물고기가 물 밖으로 잠깐 고개를 내밀었다.

물고기와 눈이 마주쳤다고 소녀가 생각한 순간, 물고기는 다시 무심하게 단지 안의 물속을 헤엄치고 있었다.

말과 썰매까지 구한 후에 상인들은 수도를 떠나 다시 동쪽으로 향했다. 소녀는 단지를 안고 상인들이 준 털가죽을 덮어쓰고 썰매 한구석에 쪼그리고 앉아서 동쪽으로 실려 갔다.

강을 건너 상인들은 남동쪽으로 내려갔다. 사람이 살지 않는 평원을 지나 계속 동쪽으로 이동하자 또 다른 강이 나왔다.

강 유역의 들판은 가뭄의 피해를 입지 않은 것 같았다. 그곳에 사는 사람들은 소녀처럼 얼굴이 희고 머리가 금발이었다. 그러나 그들은 소녀가 알아듣지 못하는 거칠고 투박한 언어를 사용했고, 소녀가 성호를 긋자 험상궂게 얼굴을 찡그리며 고함을 질렀다.

그곳에서 상인들은 은전과 맞바꾸어 자루에 든 밀가루를 샀다. 상인들이 손바닥 위에 구리로 장식한 반지를 놓고 햇빛에 반짝여 보이자 알 수 없는 언어를 쓰는 사람들은 도끼를 들고 강으로 가서 수면을 두껍게 뒤덮은 얼음을 깨주었다. 상인들은 강물을 길어 호리병 여러 개에 나누어 담았다. 그렇게 물과 먹을 것을 보충하고 나서 상인들은 털가죽을 덮어쓰고 썰매 위에 앉아 말을 몰아서 눈을 헤치고 다시 동쪽으로 이동하기 시작했다. 소녀도 털가죽을 덮고 단지를 끌어안고, 자기 몫의 빵을 조그만 물고기와 나눠 먹으며 상인들과 함께 갔다.

강 유역의 마을을 지나자 다시 평원이 펼쳐졌다. 그곳에는 시체가 무수히 널려 흰 눈에 덮인 얼어붙은 벌판을 가득 메우고 있었다. 화살을 맞아 죽은 시체도 있었고, 날카로운 무기에 몸을 베이거나 찔린 시체, 목이나 팔다리가 없는 시체도 있었다. 그중 어떤 시체는 아직 죽지 않아서 사람의 기척을 듣고 신음소리를 냈다. 죽지 못한 몸에서 흘러나온 피가 흰 눈을 더럽히고, 약한 입김이 얼어붙은 대기 중에 흩어졌다.

소녀는 썰매 구석에 웅크리고 앉아서 눈을 감고 고개를 돌리고 작은 물고기가 든 단지를 꼭 껴안았다. 상인들이 소녀의 어깨에 털가죽을 한 겹 더 둘러주었다.

계절이 바뀌고 시간이 흐르는 동안 끝없이 동쪽을 향해 가면서 소녀는 차츰 상인들과 그들의 언어에 익숙해졌다.

나를 어디로 데려가느냐고 소녀가 묻자 상인들은 술탄

에게, 라고 대답했다. 술탄이 누구죠, 하고 소녀는 궁금해했다. 상인들은 술탄이 신을 믿는 자들의 교주이며 지배자라고 대답했다. 왜 나를 술탄에게 데려가느냐고 소녀는 물었다. 상인들은 술탄에게 선물로 바치기 위해서, 라고 대답했다. 술탄은 한때 용맹한 무사이자 유능한 무역상으로, 세계 곳곳을 다니며 희귀하고 아름다운 것을 모으는 취미가 있었다. 그러나 이제는 나이가 들고 몸이 약해져서 궁궐 밖으로 나가지 못하게 되었으니, 대신 상인들이 세계 곳곳을 다니면서 희귀하고 아름다운 것을 모아다가 바친다고 했다.

"하지만 나는 희귀하지도 아름답지도 않은 걸요."

소녀가 말했다. 상인이 대답했다.

"너는 루시의 여자라서 우리의 여자들과는 달리 피부가 희고 눈이 푸르고 머리카락이 황금빛으로 빛난다. 그만하면 충분히 희귀하고 아름다우니 술탄께서도 기뻐하실 것이다."

그 말을 듣고 소녀는 자기 몸을 내려다보았다. 거친 평원을 하염없이 걸어오면서 피부는 햇빛에 그을렸고, 금발은 부스스하게 엉킨 데다 지저분한 갈색으로 더러워졌다.

"술탄께서 기뻐하시지 않으면 어쩌죠?"

소녀가 물었다.

상인은 미소를 띠고 고개를 가로저을 뿐 대답하지 않았다.

계속해서 동쪽으로, 동쪽으로 이동해서 상인들은 강을

건너 사람이 살지 않는 메마른 평원을 지나 늪지대를 건넜다. 비탈길이 나왔을 때, 소녀는 작은 물고기가 든 단지를 안고 한 번도 경험해본 적이 없는 오르막길이라는 것을 상인들과 함께 힘겹게 끙끙거리며 걸어 올라갔다.

고원에 도달하자 눈앞에 펼쳐진 것은 사막이었다. 소녀는 사막을 처음 보았다. 그곳은 사방이 탁 트인 하늘 아래 끝도 없이 이어지는 흙먼지와 돌뿐인 땅이었다.

누군가 외쳤다.

"여기서부터 신을 믿는 자들이 사는 술탄의 땅이다. 우리는 고향으로 돌아왔다. 신은 유일하시며 위대하시다. 신을 찬미하라!"

그리고 상인들은 모두 남서쪽을 향해 엎드려 절했다.

소녀는 그들의 신을 믿지 않았으므로 절하지 않았다. 그저 눈을 크게 뜨고 주위를 둘러보았다. 하늘의 푸른색은 소녀가 태어나 자란 고향의 하늘보다 흐릿해 보였고, 땅은 딱딱했으며 흙먼지로 뒤덮여 온통 불그스름한 노란색이었다. 나무 한 그루 없이 사방에 바위뿐이었다. 그리고 그 사이에서 살아남은 것은 군데군데 한 줌도 안 되는 잡풀밖에 없었다. 그런 풍경을 보고 소녀는 오래전 고향을 떠나던 무렵에 가뭄으로 바짝 말라붙었던 들판을 떠올렸다.

대상들은 엎드린 채로 모두 기도하기 시작했다.

"신은 위대하시다. 전능하신 나의 신께 영광 있으라. 신은 부르는 자의 목소리를 들으신다. 우리의 신을 찬양하라…."

그래서 소녀도 어렸을 때 어머니에게 배웠던 기억 속의 기도문을 더듬더듬 중얼거렸다.

"…신께 영광 있으라, 영광 있으라. 하늘의 왕이시여, 진리의 정신이여… 자비를 베푸소서, 자비를 베푸소서…."

상인들이 고향에 도착했다는 것은 소녀에게는 다시 고향에 돌아가지 못하리라는 뜻이었다. 이제 소녀의 운명은 술탄에게 달려 있었다. 그래서 소녀는 되풀이하여 중얼거렸다.

"자비를 베푸소서…."

상인들은 그날 밤 유목민의 천막 한구석에서 묵었다. 다음 날 상인들은 해가 떠오를 무렵에 사막으로 나가서 아침 기도를 마친 후 유목민과 오랫동안 흥정을 했다. 유목민은 낙타에 실었던 것을 내렸다. 상인들이 그것을 받아서 흙먼지 투성이 땅바닥에 깔았다. 소녀는 어리둥절하여 지켜보았다.

그것은 낙타털로 촘촘하게 짠, 튼튼하지만 뻣뻣하고 거친 피륙이었다. 상인들은 넓고 질긴 천을 땅바닥에 잘 펴고 나서 귀퉁이를 세심하게 접었다. 그리고 하늘을 쳐다보며 기다렸다.

해가 머리 위로 떠올라 하얗게 달구어진 햇볕이 인정사정없이 내리쪼였다. 소녀는 상인이 가져다준 흰 천으로 얼굴과 머리를 가리고 천막 옆에 쭈그리고 앉아 있었다. 무엇을 기다리는지도 모르면서 상인들과 함께 기다렸다.

땡볕 아래에서 흙과 먼지뿐인 바위땅은 화덕처럼 달아올랐다. 그리고 상인들이 땅바닥에 깔아둔 천이 서서히 떠오르기 시작했다.

천이 떠오르자 상인들은 유목민과 함께 부산스럽게 움직였다. 물과 음식이 든 자루를 천 위로 옮겨 실었다. 소녀도 상인들이 시키는 대로 조그만 물고기가 든 단지를 소중하게 안고 올라탔다.

상인들까지 모두 올라탄 후에도 낙타털로 짠 천은 햇빛을 받으며 땅 위에 둥실 떠 있었다. 그리고 평탄한 흙먼지 투성이 고원을 미끄러지듯이 달리기 시작했다.

낙타털 양탄자를 타고 가는 여행은 걸어서 갈 때보다 쉬웠지만 결코 편하지는 않았다. 양탄자는 뜨겁고 메마른 대기를 가르며 빠른 속도로 움직였고, 그 서슬에 일어난 흙먼지와 모래 섞인 바람이 눈으로, 코로, 입으로, 귀로 날아들었다. 따가워서 눈을 똑바로 뜰 수 없었고, 코와 입 안에서 모래가 서걱거렸다. 그래서 소녀는 한구석에 잔뜩 웅크리고 앉아 상인들이 준 천으로 머리와 얼굴을 가리고 될 수 있는 대로 고개를 들지 않았다. 그렇게 웅크리고 앉아 있다가 소녀는 물고기가 든 단지를 안은 채로 더위에 못 이겨 꾸벅꾸벅 졸거나 잠이 들어버리기도 했다.

양탄자는 해와 함께 움직였고, 해가 저물자 서서히 느려지다가 멈추었다. 상인들은 양탄자에서 내려서 모닥불을 피우고 둘러앉았다. 자루에 담아온 물을 마시기도 하고, 납작한 빵과 말린 대추야자, 굳혀서 덩어리로 만든 우유 등의 음식을 꺼내 나누어 먹기도 했다. 해가 완전히 지고 깜깜해지자 상인들은 낙타털 양탄자에 긴 막대를 기대어 임시 천막을 세우고 그 아래로 들어가서 모두 잠이 들었다.

소녀는 잠들지 않았다. 겨울에 쓰던 털가죽을 꺼내 두르고 밖으로 나와 타다 남은 깜부기불 옆에 웅크리고 앉아서 이국의 달을 바라보았다.

사막의 밤은 차갑고 맑고 고요했다. 별이 촘촘히 뜬 쪽빛 밤하늘은 얼음으로 빚은 것 같아서, 손가락으로 건드리면 쨍, 소리를 내며 갈라질 것처럼 투명해 보였다.

소녀는 그런 하늘을 올려다보며 한동안 혼자 앉아 있었다. 모닥불이 식고 나니 점점 더 추워졌다. 소녀는 상인들과 함께 낙타털 천막 아래 들어가서 자야겠다고 생각했다.

그때, 달그락, 하는 소리가 들렸다. 소녀는 고개를 돌려 쳐다보았다. 낙타털 천막 아래서 누군가 걸어 나왔다.

소녀는 상인들 중 하나일 것이라고 생각했다. 그러나 나타난 것은 낯선 소년이었다. 몸집이 작고 무척 말랐다. 옷차림은 동방의 상인들과는 달라서 소녀의 고향 농군들이 입는 옷과 더 비슷했는데, 다만 윗옷의 가슴 부분을 터서

양쪽으로 여미고 허리띠로 묶어둔 게 달랐다. 낯선 소년은 아무 거리낌 없이 성큼성큼 걸어서 소녀의 곁으로 다가왔다. 깜부기불에 어디서 가져왔는지 모를 나뭇가지를 보태고 남은 불씨를 뒤적여 모닥불을 되살렸다. 그리고 소녀를 보면서 싱긋 웃었다.

웃음을 짓자 광대뼈 부근의 볼이 통통해지고 눈꼬리가 긴 눈이 반달 모양으로 휘어지면서 가늘어졌다. 그 얼굴이 왠지 다정해 보여서 소녀는 일단 안심했다. 그리고 다시 타오르기 시작한 모닥불이 따뜻해서 기분이 조금씩 좋아졌다.

졸음이 몰려와서 눈이 저절로 감길 때까지, 소녀는 모닥불 앞에 낯선 소년과 함께 앉아 있었다.

다음 날도, 그다음 날도, 상인들은 해가 뜨면 양탄자를 타고 달리다가 밤이 되면 양탄자를 천막 삼아 잠이 들었다. 그러면 소녀는 모두 잠든 후에 모닥불 앞에 앉아 밤하늘을 바라보았다. 깜부기불이 꺼질 때쯤엔 언제나 낯선 소년이 나타나 불씨를 되살렸다. 그리고 곁에 앉아서 소녀와 함께 차갑고 단단하고 투명한 사막의 밤을 바라보았다.

그래서 소녀는 소년에게 자신의 이름을 가르쳐주었다. 스베뜰라나, 라는 이름을 소년이 어려워했기 때문에 다시 애칭을 가르쳐주었다. 소년은 서투른 발음으로 조심스럽게 스베따, 스베따, 라고 되풀이했다.

"빛이라는 뜻이야."

소년이 알아듣지 못할 것 같았지만 어쨌든 소녀는 말했다.

"나는 미르노에 뽈레(평화로운 들판)라는 마을에서 왔어."

그리고 상인들이 말하던 것이 생각나서 소녀는 덧붙였다.

"거기는 멀리 서쪽, 루시의 땅이야."

소년은 마치 알아들은 것처럼 고개를 끄덕였다. 그리고
자신의 가슴을 가리키며 뭔가 말했다. 그것이 소년의 이름
이라고 생각해서 소녀는 아까 소년이 했던 것처럼 되풀이했
다. 코, 료오? 코, 랴아? 소년은 웃으며 고개를 끄덕였다.
그리고 팔을 들어 한 방향을 가리키며 상인들의 언어로 서
투르게 설명했다. 소녀는 알아들었다. 소년은 세상의 동쪽
끝에서 왔다.

해가 떠서 상인들이 다시 낙타털 양탄자 위에 올라탈 때
면 소녀는 대상들 중에 소년이 있는지 유심히 보았다. 상인
들은 모두 모래 먼지를 막기 위해 머리에서부터 긴 천을 덮
어쓰고 있어서 얼굴도 옷차림도 잘 보이지 않았다. 그래도
해가 지면 소년은 반드시 나타나서 소녀와 함께 모닥불 옆
에 앉아 별이 가득한 밤하늘을 올려다보았다.

그런 밤이면 소녀는 마음에 담아두었던 이야기를 자신의
언어로 소년에게 들려주었다. 고향에 심한 가뭄이 들었던
이야기, 굶어 죽어가는 동생을 위해 밀가루 한 자루에 팔려

온 이야기, 그리고 집을 떠나는 소녀를 배웅하며 울면서 기도하던 엄마의 모습.

이야기하면서 소녀는 중얼거렸다.

"엄마한테 내가 잘 있다고 말해줄 수 있었으면 좋겠어. 사막의 예쁜 달을 보면서 무사히 지내고 있다고 전해주면, 엄마도 걱정하지 않고, 자비를 베푸소서, 하고 기도하면서 울지 않을 텐데."

소년은 마치 전부 이해한다는 듯이 고개를 끄덕였다.

그런 어느 밤에 소녀는 소년에게 물었다.

"너는 왜 여기까지 왔어?"

소년은 말없이 웃으면서 두 눈을 가리키고, 다시 양팔을 주욱 펼쳐서 사방을 가리켰다. 세상을 보고 싶어서? 소녀가 묻자, 소년은 다시 웃으면서 고개를 끄덕였다.

"그래서, 어떤 세상을 봤어?"

소녀가 다시 물었다. 소년은 상인들의 언어로 간단하게 대답했다. 바다.

"바다? 그게 뭐야?"

소녀가 되물었다.

소년은 잠시 고민한 뒤에 설명했다. 물. 넓은, 물.

"넓어? 얼마나?"

소녀가 그때까지 본 가장 넓은 물은 강과 호수였다. 그러나 소년은 말했다. 이 사막만큼. 끝이 보이지 않을 만큼.

소녀는 잠시 머릿속으로 상상했다. 그리고 다시 물었다.

"그게 너의 고향이야? 넓은 물?"

소년은 고개를 끄덕였다. 소녀가 또 물었다.

"물밖에 없어?"

소년은 고개를 저었다. 그리고 설명했다. 산. 땅에는, 산.

소녀는 이해하지 못했다.

"산이 뭔데?"

소녀의 고향에는 평원밖에 없었다. 풀이 자라고, 나무가 자라고, 호밀과 귀리가 자랐지만, 땅은 언제나 평평했다. 하늘과 닿는 곳까지, 평평한 땅이 끝없이 이어져 있었다, 사막처럼. 소년은 대답 대신 팔을 구불구불하게 움직여 보였다.

"땅이 구불구불해?"

소년은 고개를 저었다. 팔을 들어 올려 보였다.

"높아? 고원처럼?"

소년은 조금 생각한 뒤에 고개를 끄덕였다. 그리고 양손을 지붕처럼 여러 번 맞대 보였다. 땅의 끝이 보이지 않아. 산이 몇 개씩이나, 이렇게 뾰족하게 솟아 있어.

소녀는 다시 머릿속으로 상상했다.

"산과 바다, 그게 너의 세상이야?"

소년은 웃으며 고개를 끄덕였다.

자신이 이제까지 보았던 세상과는 전혀 다르다고 소녀

는 생각했다. 나도 언젠가, 산과 바다라는 것을 볼 수 있을까.

낙타털 양탄자를 타고 하루를 더 달리자 도시가 모습을
나타냈다. 성벽 안으로 들어가자 돌로 바닥을 깐 넓은 광장
에 사람들이 가득 모여 물건을 사기도 하고 팔기도 했다. 시
끄럽고 어수선하고 활기 넘치는 모습을 보고 소녀는 긴장했
다. 여기가 바로 술탄이 산다는 상인들의 수도일까?

"아니다. 이곳은 수도로 가는 길목이다."

상인들이 대답했다. 그리고 양탄자를 둘둘 말아 들고 시
장으로 가서 말과 바꾸었다. 짐을 모두 말에 싣고 상인들은
도시를 벗어나 흙먼지 이는 사막의 길을 달렸다. 소녀는 말
을 빠르게 달리면 조그만 물고기가 든 단지가 흔들릴 것이
걱정되어 자꾸 뒤에 처졌다.

해가 저물자 상인들은 다시 노숙할 채비를 차렸다. 잠자
리에 들기 전에, 오늘이 사막에서 지내는 마지막 밤이 될 거
다, 라고 한 상인이 말했다. 내일은 술탄의 궁성에 도착한다.

그래서 그날 밤 소녀는 잠들지 못했다. 오랫동안 밤하늘
을 쳐다보며 앉아 있었다. 소년도 언제나 그러듯이 말없이
곁에 앉아 있었다.

"술탄이 나를 마음에 들어 하지 않으면 어쩌지?"

소녀가 물었다.

"이교도들의 왕은 정교를 믿는 사람의 눈알을 뽑고 혀와 귀를 잘라서 사막에 버린대. 정교를 믿는 여자들은 높은 탑에 갇혀서 죽을 때까지 술탄의 노리개가 된대. 나도 그렇게 되는 걸까?"

소년은 생각에 잠긴 얼굴로 대답하지 않았다.

소녀는 별이 총총한 밤하늘을 올려다보았다. 마지막으로 보았던 엄마의 모습을 생각했다. 자비를 베푸소서, 신이여, 자비를 베푸소서.

소녀가 소년에게 물었다.

"너는 어떤 신을 믿어?"

소년은 하늘을 가리켰다. 착한 일을 하고, 남에게 베풀면, 죽어서 좋은 곳으로 간다.

"우리랑 같네."

소녀가 말했다.

소녀는 언젠가 오래전 아버지에게 들은 이야기를 소년에게 들려주었다. 현명하신 볼로디미르 왕이 루시의 사람들도 신을 믿고 종교를 가져야겠다고 생각해서 세계 곳곳으로 신하들을 보냈다. 남쪽 나라의 종교를 보고 온 신하들은 "그들은 일어섰다 앉았다 한 뒤에 넋이 나간 사람처럼 사방을 둘러보는데, 그 눈빛에는 슬픔만 가득할 뿐 아무 즐거움이 없었습니다"라고 보고했다. 서쪽 나라의 종교를 보고 온 신하들은 "그들의 의식은 딱딱하고 무의미하여 아무런 광영도 없었습니다"라고 보고했다. 그러나 그리스에 가서 정교의 의식을 보고 온 신하들은 "그들은 아름다운 성전에서 향을 피우고 노래를 부르며 엄숙하고 호화로운 예배를 거행하니 이곳이 천상인지 지상인지 알 수 없을 만큼 황홀하였습니다"라고 대답했다. 이에 현명하신 볼로디미르 왕은 크게 기뻐하여 신하들 모두에게 상을 내린 후 정교를 루시의 신앙으로 선포하였다. 후에 볼로디미르 왕은 죽음을 맞이하여 영혼이 하늘로 떠난 후에도 시체가 썩지 않고 신비로운 향기가 나며 그 시신에서 나온 기름을 바르면 병든 자는 병이 낫고 눈먼 자는 앞이 보이는 기적이 일어나 루시의 첫 성자로 추대되었다….

"정말로 기적이라는 게 있을까?"

이야기를 마친 후에 소녀가 물었다.

"너의 신과 나의 신과 저 상인들의 신은 모두 같은 신일까, 아니면 세상에는 나라와 부족의 수만큼 여러 신들이 있는 걸까?"

소년은 대답하지 않았다. 대신 광대뼈 부근이 통통해지고 눈이 가늘게 반달 모양으로 휘어지는 그 특유의 웃음을 얼굴 하나 가득 웃었다.

소년의 다정한 얼굴을 들여다보다가 소녀는 고개를 들어 수정처럼 단단하고 무심하게 투명한 밤하늘의 별빛 가득한 정적을 올려다보았다. 신이 존재한다면, 이 정적 속에 홀로 깨어 하늘을 바라보며 탄식하는 자에게 살며시 다가와 두려워하지 말라, 내가 곁에 있으니, 라고 위로해줄 것만 같았다. 그런 정갈하고 조용한, 마지막 밤이었다.

다음 날 해 뜰 무렵부터 말을 달려서 정오가 되기 전에 상인들은 수도에 도착했다. 해가 머리 위로 오기를 기다려 상인들은 궁성 앞 광장으로 나아갔다. 길목의 도시에서 보았듯이 수도의 광장에도 사람들이 구름처럼 모여 물건을 사기도 하고 팔기도 했다. 색색가지 비단, 무명, 아마, 황금과 은과 철과 구리, 칼과 창과 방패와 활과 화살, 각종 고기와 신선한 과일과 채소, 말린 나무 열매와 견과류까지, 시장에는 없는 것이 없었고 모자란 것도 없었다. 와자지껄 웅성웅성하며 이런 물건들을 흥정하는 사람들은 모두 활력이 넘치고 즐거워 보였다.

사람들과 그들이 뿜어내는 생기가 가득한 광장 뒤에 서 있는 술탄의 궁성은 본래 갈색 돌로 지은 딱딱한 사각형의 위압적인 건물이었으나 지금은 사막의 모래 먼지에 덮여 모서리가 닳고 그저 노르스름하게만 보였다. 그 성벽이 웅장하고 엄숙하지만 어딘지 지쳐 보인다고 소녀는 생각했다.

궁궐 옆의 푸른 탑에서 누군가 기도 시간을 소리쳐 알렸다. 그러자 광장을 가득 메운 사람들이 순식간에 하던 일을 멈추고 남서쪽을 향해 일제히 엎드렸다. 상인들도 모두 땅에 엎드렸다. 광장에 잠시 정적이 감돌았고, 이어서 푸른 탑 꼭대기에서 기도문을 외치는 소리가 들려왔다.

"신은 위대하시다…!"

목소리는 광장을 넘어 사막까지 울려 퍼졌다. 그러자 광장을 가득 메운 사람들이 되풀이했다.

"신은 위대하시다…!"

그 외침 소리는 광장을 뒤흔들고 하늘까지 울렸다. 신에게도 틀림없이 들릴 거라고, 소녀는 감탄하며 생각했다.

기도가 끝난 후에 사람들은 모두 일어나서 하던 일을 계속했다. 소녀를 데려온 상인들만 궁성 쪽을 지켜보고 있었다. 이윽고 궁성의 높은 성벽 위로 보초병이 머리만 내밀었다. 상인들은 소녀를 앞세우고 서서 오른손을 왼쪽 가슴에 대고 경의를 표했다.

보초병의 머리가 사라졌다. 궁성의 문이 열렸다.

소녀는 상인들을 따라 궁성 안으로 들어섰다.

그곳은 별천지였다. 바로 몇 걸음만 걸어 나가면 황량하고 메마른 땅에 모래바람과 흙먼지만 떠도는 사막인데, 이곳에는 사방에 잔디가 깔리고 꽃과 나무가 자라고 곳곳에 분수가 있어 맑은 물이 솟았다. 궁 안의 건물들은 모두 외벽의 갈색 바탕에 청록색, 푸른색, 노란색, 흰색과 검은색으로 정교한 무늬를 장식해서 무척 아름다웠다. 잔디의 녹색과 꽃의 붉은색, 분수를 장식한 자줏빛 돌, 여기에 건물 외벽을 수놓은 갖가지 색깔의 향연 때문인지 궁 안에 들어 서자 갑자기 햇볕이 더 찬란한 황금빛으로 빛나고 하늘도 더 맑고 짙은 푸른색을 띠는 것 같았다. 소녀는 넋을 잃고 구경했다.

피부가 흑단처럼 검은 남자들이 나타났다. 윗옷을 입지 않고 흰 바지만 입고 머리에 금장식이 달린 흰 두건을 감아 올린 검은 남자들에게 상인들은 낮은 목소리로 뭐라고 설명했다. 그중 한 남자가 고개를 끄덕인 뒤에 소녀에게 따라 오라고 손짓했다.

몇 걸음 따라가다가 소녀는 상인들이 함께 오지 않는다 는 것을 알았다. 당황하여 돌아보는 소녀에게 상인들 중 한 명이 손짓하며 말했다.

"작별이다, 루시의 아이야."

상인이 말했다.

소녀는 잠시 그를 쳐다보았다. 그리고 자신의 언어로 말 했다.

"다시 만날 때까지."

상인은 미소 지었다. 그리고 다른 상인들과 함께 검은 남자들을 따라서 어디론가 사라졌다.

소녀는 피부가 검은 남자 뒤에 혼자 남았다.

남자가 푸른 무늬로 벽을 장식한 건물 안으로 걸어 들어갔기 때문에 소녀도 따라갔다. 밖에 햇볕이 쨍쨍한데도 건물 안으로 들어서자 서늘했다.

남자는 뒤도 돌아보지 않고 계속 성큼성큼 어디론가 걸어갔다. 소녀는 조그만 물고기가 든 단지를 꼭 끌어안고 피부가 검은 남자를 따라갔다. 남자의 걸음이 무척 빨랐기 때문에 종종걸음으로 서둘러야 쫓아갈 수 있었다.

푸른 건물을 나와서 조그만 분수가 솟는 아름다운 정원을 거쳐 다시 다른 갈색 건물로 들어섰다. 그 건물을 나와서 또 다른 화사한 정원을 지나 세 번째 흰 건물로 들어섰을 때쯤 소녀는 지금 자신이 어디에 있는 건지 혼란스러워졌다.

네 번째인지 다섯 번째로 들어간 건물 안에서 피부가 검은 남자는 어느 순간 사라져버렸다. 혼자 남은 소녀는 당황하여 주위를 둘러보았다. 그때 갑자기 여자들이 나타났다.

소녀는 이렇게 많은 여자를 한꺼번에 본 적이 없었다. 여자들의 갈색 피부 위 황금빛으로 윤기가 흘러 어딘지 신비로워 보였다. 다들 커다란 눈이 깊은 검은색으로 빛났고, 풍성하고 매혹적이고 다채로운 광휘를 발하는 미인들이었다. 목걸이와 팔찌와 반지로 치장하고 소녀가 처음 보는 화려하고 이국적인 옷을 입은 눈부신 미녀들은 부드러운 목소리로 말을 걸면서, 때로 깔깔 웃으면서, 소녀를 건물의 더욱더 깊숙한 안쪽으로 데리고 갔다. 그곳에서 여자들은 소녀의 옷을 벗기고 꽃잎을 띄운 따뜻한 물이 가득 담긴 욕조 안에서 목욕을 시켰다. 천천히 오랫동안 공을 들여 소녀의 몸을 씻기고, 머리를 감기고, 빗기고, 좋은 냄새가 나는 기름을 온몸에 문질렀다. 이 과정이 모두 끝나자 여자들은 소녀에게 길고 얇고 부드러운 천을 여러 겹 둘러 화려하게 옷을 입히고 목에는 목걸이를, 팔에는 팔찌를 걸치고 손가락에는 반지를 끼워주었다. 그리고 소녀를 앉혀놓고 여자들은 원래 색깔로 돌아온 긴 금발을 땋아주기도 하고 매끈한 피부가 더 하얗고 생기 있게 보이도록 분과 연지를 발라주기도 했다.

마침내 치장이 끝나자 그중 가장 나이가 많고 가장 아름다운 여인이 앞으로 나와서 소녀의 전체적인 모양새를 점검했다. 그리고 말했다.

"나는 술탄의 왕비다."

소녀는 깜짝 놀랐다. 어떻게 해야 할지 몰라서 처음에는 고개를 숙였다가, 상인들이 하던 것이 생각나서 오른손을 왼쪽 가슴에 댔다. 왕비는 고개를 끄덕이고 말을 이었다.

"지금부터 너는 술탄을 배알하러 간다. 그건 알고 있겠지?"

소녀는 고개를 끄덕였다. 왕비가 다시 말했다.

"술탄은 연로하셨고 몸도 많이 허약하시다. 곁에 앉아서 말벗을 해드리고, 심부름을 시키면 그대로 따르면 된다."

소녀가 다시 고개를 끄덕였다. 왕비는 손을 뻗어 소녀의 뺨을 쓰다듬었다.

"아름답구나. 술탄께서도 좋아하실 것이다."

그리고 왕비는 중얼거렸다.

"그런데 너무 어려서…. 노인 옆에서 시중드는 게 힘들 텐데…."

그리고 왕비는 주위의 여인들에게 신호했다. 소녀는 여자들이 이끄는 대로 따라갔다.

술탄의 침실은 또다시 건물을 나가서 운치 있는 소정원을 거쳐 다른 건물을 지나서 찾아간 푸르고 커다란 건물 안에 있었다. 윤기가 흐르는 새까만 흑단으로 된 거대한 문을 양쪽에서 조금씩 열어 소녀가 들어갈 틈을 만들어주고 여인들은 고갯짓으로 신호했다. 소녀는 심호흡을 한 번 하고 나서 안으로 들어갔다. 등 뒤로 텅, 하고 문이 닫히는 소리에 소녀는 깜짝 놀라 돌아보았지만 이미 문은 닫힌 뒤였다.

방 안은 어둠침침했고, 향을 피워놓아서 신비한 향내와 함께 자욱이 안개가 낀 것처럼 보였다. 술탄의 침상은 얇은 천을 여러 겹 드리워 가려놓았다. 소녀는 침대 옆으로 다가갔다.

술탄은 거대했다. 얼굴과 손에 주름이 가득하고 가슴을 온통 뒤덮은 수염도 눈처럼 희었지만, 소녀의 눈에 누워 있는 술탄은 단단한 거목이 쓰러진 것처럼 보였다. 그래서 소녀는 더욱더 겁을 먹었다.

한참 동안 그렇게 서서 침상에 누운 술탄을 바라보고 있었다. 마침내 인기척을 느낀 술탄이 눈을 감은 채로 천천히 입을 열었다.

"…누구냐?"

목소리는 낮았지만 방 안에 진동했다. 마치 땅속 깊은 곳에서 울려 나오는 것 같았다.

소녀는 목청을 가다듬었다. 그리고 조심스럽게 대답했다.

"루시의 여자입니다. 사막의 대상들이 술탄께 선물로 보냈습니다."

술탄은 눈을 가늘게 떴다. 상인들처럼 검은 눈동자가 소녀를 향했다.

"…가까이 오너라."

소녀는 가까이 다가갔다.

"…더."

술탄이 힘겹게 손을 움직였다. 소녀는 조심스럽게 침상으로 다가가서 술탄 곁에 앉았다.

술탄이 소녀의 손등을 쓰다듬었다. 거친 갈색 피부에는 검버섯이 가뭇가뭇하게 피었고, 손이 무척 컸다.

"…예쁜 아이로구나."

술탄이 중얼거렸다. 소녀는 조금 안도했다.

술탄이 깊게 울리는 목소리로 천천히 물었다.

"너는…, 신을 믿느냐?"

소녀는 고개를 끄덕였다.

술탄은 길게 후으, 하고 한숨인지 탄식인지 모를 소리를 냈다. 그리고 더 이상 아무 말이 없었다.

잠든 것일까, 하고 소녀가 생각하기 시작했을 때, 술탄이 다시 말했다.

"네 고향 이야기를…, 해주련."

소녀는 천천히 생각나는 대로 이야기했다. 가뭄이 들어서 마을을 떠나온 이야기 외에도, 고국의 수도를 지나왔을 때 아버지인 왕과 대공인 아들 사이에 전쟁이 났던 이야기와 들판에 죽은 시체가 가득했던 것도 이야기했다. 그리고 햇빛을 받으면 떠오르는 양탄자를 타고 사막을 달려 이곳까지 찾아온 것도 이야기했다. 술탄은 눈을 감은 채로 누워서 말없이 듣고 있었다.

이야기가 다 끝난 후에도 술탄은 눈을 뜨지 않았다. 술탄이 완전히 잠들었다고 생각한 소녀는 살그머니 일어나서 방을 나가려 했다. 그러나 소녀가 몸을 살짝 움직이려는 순간 술탄이 말했다.

"…내 아들들도, 전쟁에…, 나갔다."

소녀는 놀라서 아무 말도 하지 못했다. 술탄이 다시 깊이 울리는 목소리로 중얼거렸다.

"성스러운 땅을…, 되찾기 위해…, 프랑크인들과 싸우러 갔다."

소녀는 이제 뭐라고 대답해야 할지 알 수 없어서 그대로 앉아 있었다.

술탄이 다시 중얼거렸다.

"잠시 이대로…, 옆에…, 있어주겠니, 예쁜 아이야…."

"예, 그럴게요."

소녀가 작은 목소리로 대답했다.

술탄은 다시 후으, 하고 길게 한숨 같은 소리를 냈다.

술탄 곁에 있으면 시간이 느리게 흐른다는 사실을 소녀는 차츰 깨달았다.

연로한 술탄은 하루의 대부분을 침상에 누워서 보냈다. 그럴 때 곁에 앉아서 술탄의 손을 잡아주는 것이 소녀의 주된 임무였다. 부르면 대답을 하고, 수건을 가져오거나 부채를 살살 부쳐주는 등 간단한 시중을 들었다. 그 밖의 힘든 일은 시종들이 처리했으므로 소녀가 신경 쓸 일은 거의 없었다. 술탄은 소녀를 언제나 '예쁜 아이야'라고 불렀고, 간혹 곧바로 대답하지 못하거나 심부름이 늦어지는 일이 있어도 야단치지 않았다. 침상에 앉아 술탄의 손을 잡고, 눈을 감은 채 잠든 것 같은 그 얼굴을 들여다보면서 소녀는 종종 평온과 고요 속에 시간이 멈춘 듯한 느낌을 받았다. 나이가 들면 저절로 이렇게 평화로워지는 것일까, 라고 소녀는 가끔 생각했다.

그렇게 잠든 듯이 누워 있다가 술탄은 문득 물었다.

"이곳이 마음에 드니…, 예쁜 아이야?"

소녀는 솔직하게 대답했다.

"예."

술탄은 아무 말이 없었다. 잠드신 걸까, 라고 소녀가 생각했을 때, 술탄이 중얼거리듯이 말했다.

"내 목숨은… 이제…, 얼마 남지 않았다."

소녀는 무어라고 대답해야 할지 몰라서 아무 말도 하지 않았다. 술탄이 천천히 말을 이었다.

"젊었을 때, 나는… 야심 찬 왕이었다…. 서쪽으로는 바다 건너 비잔티움… 카이로… 동쪽으로는 톈산과 쿤룬 산맥을 넘어… 티베트 왕국과… 지나(支那)까지…, 내 나라의 상인들이 다니는 길이라면… 가보지 않은 곳이 없었다…."

소녀는 말없이 귀를 기울였다. 술탄은 깊이 울리는 목소리로 낮게 속삭였다.

"크지 않더라도…, 강하고… 부유하고… 아름다운 나라를… 만드는 것이… 내 꿈이었다…. 신을 위하여… 내 백성들을 위하여…."

술탄은 눈을 가늘게 뜨고 소녀를 쳐다보았다.

"…그리고 나는…, 그 꿈을 이루었다…."

소녀는 고개를 끄덕였다. 술탄은 소녀를 쳐다보며 말했다.

"너를 보면… 그 시절이… 생각난다…. 이국의 땅… 낯선 하늘…. 율법 외에는 거칠 것이 없고…, 신 외에는 두려울 것이 없던…."

술탄은 다시 눈을 감았다.

소녀는 기다렸다. 한참이나 술탄은 아무 말도 하지 않았다.

얇은 이불을 끌어당겨 덮어주려 했을 때, 술탄이 나지막하게 중얼거렸다.

"내가 죽고 나면… 네가 원하는 곳으로 가도 좋다…. 이 나라에 남아 있든, 고향으로 돌아가든…."

술탄이 천천히 고개를 돌려 다시 소녀를 쳐다보았다.

"…하지만 내가 살아 있는 동안은…, 곁에 있어주겠니, 예쁜 아이야…."

"예."

소녀가 대답했다.

"그럴게요."

술탄이 나지막하게 중얼거렸다.

"고맙구나…."

그리고 술탄은 다시 후으, 하고 깊은 탄식 같은 소리를 냈다. 잠이 들었다.

날씨가 부드럽고 기운이 나는 날이면 술탄은 정원을 산책했다. 그럴 때는 왕비와 소녀가 양옆에서 부축했다. 술탄은 아주 느리게 조금씩 걸어서 침소가 있는 건물 앞의 큰 정원까지 나갔다. 그 정원에는 커다란 연못이 있었고, 못가에는 긴 의자가 있어서 술탄은 그 의자에 누워서 쉬곤 했다. 그리고 긴 의자 옆에는 나무를 엮어서 만든 꽤 높은 탑이 있었다.

"저건 무슨 탑이죠?"

소녀가 왕비에게 물었다. 왕비는 웃으면서 말했다.

"조금만 기다리렴. 직접 보게 될 테니."

긴 의자에 누워서 한참이나 숨을 고른 끝에 술탄은 손짓으로 신호했다. 술탄의 발치에 서 있던 시종들이 고개를 숙여 보이고 어디론가 뛰어갔다. 조금 뒤에 시종들과 함께 나타난 것은 사막의 밤에 소녀와 함께 하늘을 올려다보았던 동쪽에서 온 소년이었다.

"아…."

그러나 소녀가 인사를 할 새도 없이, 소년은 날렵한 몸짓을 탑을 올라가기 시작했다. 탑 꼭대기에서 소년은 아래를 내려다보면서 기다렸다. 올려다보던 소녀와 눈이 마주치자 소년은 전처럼 광대뼈 부근이 통통해지고 눈이 가늘게 반달처럼 휘어지는 함박웃음을 지었다.

그때 술탄이 긴 의자에 누운 채로 손을 까딱, 움직였다.

그와 함께 소년은 탑에서 힘차게 뛰어내렸다. 뛰어내리다니, 저렇게 높은 곳에서? 소녀는 겁에 질려 비명조차 지르지 못하고 얼어붙은 채 지켜보고 있었다.

탑에서 뛰어내린 소년은 물결도 거의 일으키지 않고 우아하게 연못으로 떨어졌다. 이대로 떠오르지 않는 걸까, 하고 소녀는 걱정했다. 그러나 조금 뒤에 소년은 수면 위로 머리를 내밀고 한 번 고개를 흔들어 물을 튀겨낸 뒤 소녀와 술탄을 향해 다시 그 함박웃음을 지었다.

술탄이 천천히 고개를 끄덕였다. 그러자 왕비가 끼고 있던 팔찌를 빼 연못으로 던졌다. 팔찌가 연못에 떨어지자마자 소년의 머리도 물속으로 들어갔다. 조금 뒤에 다시 나왔을 때 소년은 입에 팔찌를 물고 있었다.

시종이 소년에게서 팔찌를 받아 물기를 닦아낸 후 정중하게 왕비에게 내밀었다.

"아니다."

왕비가 고개를 저었다.

"술탄을 즐겁게 해드렸으니 그건 저 아이에게 주어라."

시종은 소년을 소리쳐 부른 후 다시 팔찌를 연못으로 던졌다. 소년은 팔찌가 물속으로 떨어지기 전에 잡았다. 그리고 물 밖으로 다리를 내보이며 수면 가까이에서 빙글, 한 바퀴 재주를 넘었다. 다시 물 밖으로 몸을 내밀고 소년은 왕비를 향해 오른손을 왼쪽 가슴에 대 보였다. 그리고 소녀를 향해 함박웃음을 지었다.

왕비가 고개를 끄덕였다.

"잘하는구나."

소녀도 웃었다.

술탄이 연못가의 긴 의자에서 잠들었을 때나 분수 곁의
의자에서 졸고 있을 때면 왕비는 가끔 소녀에게 물었다.

"루시의 아이야, 힘들지 않니?"

소녀는 열심히 고개를 저었다.

"그렇지 않아요. 이곳은 아주 아름답고, 모두 저에게 친
절하신 걸요."

왕비가 다시 물었다.

"고향을 멀리 떠나왔으니 외롭지 않니?"

소녀는 조금 생각한 뒤에 솔직하게 대답했다.

"엄마가 보고 싶어요."

"그렇구나…."

왕비가 한숨을 쉬었다. 소녀는 얼른 말했다.

"엄마한테, 잘 지낸다고 전해주고 싶어요. 그러면 엄마도
걱정하지 않을 테니까요."

왕비는 조금 웃었다.

"잘 지낸다고 전해도, 엄마는 본래 걱정한단다."

그리고 왕비는 말했다.

"내 아들, 술탄의 가장 어린 아들도 고향을 멀리 떠났다. 성스러운 땅을 되찾기 위해 프랑크인들과 싸우고 있지. 벌써 삼 년이 지났단다."

소녀는 고개를 끄덕였다. 왕비가 탄식했다.

"몇 달에 한 번씩 전령이 소식을 전해 오지만, 그래도 나는 걱정되는구나. 다치지 않았는지, 병들지는 않았는지…."

왕비는 길게 한숨을 쉬고 소맷자락으로 눈물을 닦았다.

소녀는 위로했다.

"무사하실 거예요. 반드시 전쟁에 이기고, 건강한 모습으로 돌아오실 거예요."

왕비는 조금 웃었다.

"고맙구나, 착한 아이야…."

그리고 왕비는 말했다.

"전쟁이 끝나면 내 아들은 이곳으로 돌아와 다음 술탄이 될 거란다. 그때가 되면 너를 고향에 보내주마."

"감사합니다."

소녀는 말했다. 그리고 조금 생각한 뒤에 물었다.

"큰아들이 아닌데도 왕이 될 수 있나요?"

왕비는 웃었다.

"서방의 나라에서는 가장 나이 많은 아들이 가문을 잇지? 이곳에서는 형제가 함께 부모를 모시다가 맏이부터 차례로 결혼해서 분가하기 때문에 마지막에 집안을 물려받는 것은 막내란다."

그렇구나, 하고 소녀는 고개를 끄덕였다. 왕비가 이야기했다.

"술탄에게는 본래 왕비가 네 명 있었다. 위의 두 왕비는 이곳의 여인들이었는데 연로하여 세상을 떠났고, 세 번째 왕비는 티베트 왕국의 여자였는데 고향을 너무나 그리워한 나머지 특별히 술탄의 허락을 얻어 집으로 돌아갔단다."

왕비는 부드러운 목소리로, 그러나 또렷하게 말했다.

"나는 멀리 아쉬-샤암(다마스쿠스)에서 이곳까지 와서 술탄의 네 번째 왕비가 되었다. 내 본분을 다하여 술탄을 섬기고, 아들을 낳았다. 다른 왕비의 왕자들은 아마 성스러운 땅에서 자기 자리를 찾아 무역을 하고 신을 믿는 그곳의 백성들을 다스리겠지. 내 아들은 돌아와 이 나라를 지배하고 이끌어갈 것이다."

소녀는 고개를 숙이고 오른손을 왼쪽 가슴에 댔다. 왕비가 다시 말했다.

"그러니 그때까지만 기다려라, 루시의 아이야. 원한다면 이곳에 머물러도 좋지만, 고향이 그립다면 돌아가도 좋단다."

그리고 왕비는 덧붙였다.

"낯선 나라에서 혼자 살아간다는 건 너무 외로운 일이니까."

"…감사합니다."

소녀가 말했다.

✳

　소녀는 침소 안이나 정원의 긴 의자에 누워 있는 술탄 곁에서 하루의 대부분을 보냈다. 술탄은 눈을 감고 잠을 자는지 깨어 있는지 모를 상태로 지내는 일이 많았다. 그러나 정신이 맑아지면 때때로 지난 시절의 이야기를 들려주었다. 바다를 건너다 배가 풍랑을 만난 이야기. 전쟁에 나갔던 이야기. 비단과 향신료 값을 속이려는 이교도들과 논쟁해서 이기고 마침내 많은 금은보화를 벌어서 돌아온 이야기. 술탄이 이런 이야기를 들려줄 때마다 소녀는 그 끊어질 듯 이어지는 낮은 목소리에 흥미진진하게 귀를 기울였다.

　그리고 소녀는 술탄이 정원의 연못가에 나갈 때면 그곳에서 소년을 보았다. 소년은 술탄의 명을 받고 높은 탑에서 연못으로 뛰어내리기도 했고, 때로는 물속에서 놀다가 술탄이 못가에 와서 앉으면 재주를 부리기도 했다. 물 밖에서 소녀와 함께 사막의 밤을 올려다보던 소년은 작고 마르고 조용했지만, 물속에서 소년은 연못을 온통 제 세상처럼 헤엄쳐 다니며 기운차고 장난기가 넘치고 무척 즐거워 보였다. 소년이 능숙하고 날렵하게 몸을 움직여 물보라를 일으키며 여러 가지 재주를 부리는 것을 지켜보면서 소녀는 마치 물고기 같다고 속으로 감탄했다. 그러고 보니 함께 사막을 건너온 단지 속의 조그만 물고기는 어떻게 되었을까. 단지는 처음 궁성에 들어온 날 누군가 가져가버렸다. 이렇게 큰 연못이 있으니 물고기도 아마 저 안 어딘가에서 자유롭게 헤엄치고 있겠지. 소녀는 그렇게 생각하기로 했다.

술탄을 부축하고 마지막으로 연못가를 산책한 것은 햇볕이 유달리 강하게 내리쬐는 날이었다. 긴 의자에 누운 술탄 위로 시종들이 차양을 드리워 햇빛을 가려주었다. 그날 따라 술탄은 몇 번이고 몇 번이고 소년에게 탑 위로 올라가서 뛰어내리도록 했다. 소년은 지치지도 않고 명령대로 탑을 올라가서 높고 커다란 물줄기를 일으키며 연못 속에 풍덩, 뛰어들었다. 그리고 헤엄쳐 나와서 다시 탑 위로 올라가 기다리다가 술탄이 손가락을 움직이면 뛰어내렸다.

"오늘 술탄께서 유난히 저 아이의 재주를 즐기십니다."

왕비가 조금 걱정스러운 표정으로 술탄의 얼굴을 살피며, 깃털 부채로 살살 바람을 부쳐주며 말했다.

술탄이 대답했다.

"물길이… 솟아오르는 것이…, 아름답다…."

술탄이 다시 손가락을 까딱, 움직였다. 소년이 뛰어내렸다. 풍덩, 소리가 나며 물길이 높이 솟아올랐다.

"물은… 영혼을… 정화시킨다…."

술탄이 중얼거렸다. 소년은 수면으로 머리를 내밀고 한번 고개를 휘저어 물을 털어낸 뒤 연못가로 헤엄쳐 나왔다.

소년이 다시 탑을 올라가기 시작했을 때 술탄이 말했다.

"너희들… 모두… 고향에… 돌아가도 좋다."

왕비가 부채를 부치던 손을 멈추었다. 술탄이 다시 말했다.

"현명한… 왕비여…. 왕자의… 어머니여…. 내… 왕국을… 부탁한다."

소년이 탑 꼭대기까지 올라갔다. 술탄의 신호를 기다렸다.

술탄이 오른손을 높이 들었다. 그리고 외쳤다.

"신은 위대하시다…!"

굵고 낮은 그 목소리는 믿을 수 없을 만큼 강했고, 하늘과 땅을 진동시키며 울려 퍼졌다. 그리고 술탄은 잠시 오른손을 쳐든 채 그대로 있었다. 왕비도, 소녀도, 시종들도 모두 정지한 채로 숨을 죽이고 술탄을 쳐다보았다.

술탄의 오른손이 툭, 하고 떨어졌다.

그다음 순간 무슨 일이 일어났는지 소녀는 정확히 기억하지 못한다. 술탄의 마지막 명을 받은 소년이 탑에서 뛰어내렸고, 소년의 몸이 연못물에 닿은 순간 하늘까지 닿을 듯한 물기둥이 치솟았다. 연못의 물이 태풍처럼 휘몰아치며 일어나서 정원을 휩쓸었다. 물이 덮쳐왔을 때 소녀는 눈을 감고 양팔로 몸과 머리를 감쌌다. 다시 눈을 떴을 때 소녀는 물길에 휩싸여 공중에 떠 있었다.

— 술탄은 죽었다. 이곳과의 인연은 모두 끝났다.

소녀를 감싼 은빛 물줄기가 말했다. 투명한 물길 사이사이로 푸른 비늘이 비쳐 보였다.

— 고향에 데려다주겠다.

그리고 다음 순간 소녀는 집에 돌아와 있었다.

소녀가 돌아온 날로부터 사흘 동안 비가 내렸다.

마침내 비구름이 걷히고 대기를 가득 채웠던 은빛 물방울이 엷어져 하나로 모이기 시작했을 때 소녀는 물었다.

"너는 누구야? 어째서 나를 도와주는 거지?"

푸른색과 은색으로 빛나는 물줄기가 대답했다.

— 네 몫의 음식을 나눠주었으니까.

물줄기가 공중에 하나로 길게 모였다.

— 함께 사막의 밤하늘을 바라보았으니까.

물줄기의 비늘이 아른아른 반짝였다. 아주 예쁜 뱀 같다고 소녀는 생각했다.

— 네가 나를 잊지 않는 한, 해마다 여름이면 찾아오겠다.

하늘을 가득 메운 푸른 용은 그렇게 말하고 사라졌다.

소녀가 떠났을 때 아기이던 동생은 상인들이 주고 간 밀가루 덕에 목숨을 건지고 이제는 어린이가 되어 있었다. 그 뒤로 한 차례 더 흉년이 들었지만, 수도에 일하러 갔던 아버지가 곡물 씨앗을 많이 가지고 돌아와서 열심히 농사를 지어 비축해둔 덕에 무사히 넘길 수 있었다고 했다. 다만 도망쳤던 두 동생은 아직도 소식이 없어서, 가족들은 기다리고 있었다.

소녀가 돌아왔을 때 어머니는 눈을 크게 뜨고 쳐다보다가 다가와서 얼굴을 더듬더듬 만져보고는 신이시여 감사합니다, 감사합니다, 하고 울음을 터뜨렸다. 아버지는 한참이나 주저하다가 소녀의 머리카락을 손가락으로 살며시 쓰다듬고는 죽은 줄만 알았는데, 라고 말한 뒤에 소녀의 손을 양손으로 꽉 움켜잡고 놓지 않으려 했다. 어린 동생만 소녀를 알아보지 못하고 어리둥절한 표정으로 쳐다보았다.

소녀가 돌아온 뒤로 가뭄도 홍수도 마을을 침범하지 못했다. 매년 초봄에서 여름까지 알맞게 비가 내렸고, 그러면 들판이 온통 녹색으로 뒤덮였다가 가을이 되면 초목이 풍성한 열매를 맺었다. 아버지는 이웃 마을에 가서 곡식을 팔아 말을 사 왔고 어머니는 빵과 고기를 구웠다. 막냇동생은 쑥쑥 자랐다. 가족은 소식을 알 수 없는 두 동생을 함께 기다렸다.

그리고 비가 오는 날이면 소녀는 세상의 동쪽 끝에서 온 소년을 생각했다. 투명하고 단단한 사막의 무심한 밤하늘을 함께 바라보던 일을 떠올렸다. 동방의 상인들이 언젠가 다시 한 번 마을을 지나가기를, 사막의 왕비가 무사히 고국으로 돌아온 아들을 품에 안게 되기를, 그리고 메마르고 단단한 땅에 묻혔을 술탄의 무덤가에도 촉촉한 비가 내려 꽃

이 피고 키 큰 나무가 그늘을 드리우기를, 조금은 그리운
마음으로 소녀는 기원했다.

여자들의
왕

사울이 그의 아들 요나단과 그의 모든 신하에게 다윗을 죽이라
말하였더니 사울의 아들 요나단이 다윗을 심히 좋아하므로

— 사무엘상 제19장 제1절

"어머니가 당신을 죽일 겁니다."
그가 나에게 말했다. 나에게 처음으로 한 말이었다.
"알아."
내가 대답했다.
'그 전에 네가 나를 죽이겠지.'
라고 말하지는 않았다. 그때는 그렇게 생각했다.

영웅이 될 생각은 없었다. 그보다는 어떻게든 도망치지
않고 싸우다 죽을 결심이었다. 전날 나는 잠들지 못했다.

두려웠다. 두렵고 두려워서 잠들기는커녕 숨도 쉴 수 없었다. 밤새 나는 베개를 껴안은 채 덜덜 떨었다.

새벽녘에 골짜기로 나갔다. 남자는 아주 컸다. 남자의 칼이 내 키보다 컸다. 남자가 너무 컸기 때문에 떨림이 멈추고 나는 오히려 담담해졌다. 여기서 도망치지 않고 비겁한 모습을 보이지 않고, 최소한 단 한 번이라도 검을 들어 싸우는 시늉이라도 하다 죽어야겠다고 차분하게 결심했다.

그러나 남자가 나를 보고 웃었다. 경멸과 조롱의 웃음이었다. 그리고 남자는 내 눈앞에서 칼을 빙빙 돌리기 시작했다. 명백하게 놀리는 몸짓으로 내 얼굴 앞에서 칼을 빙글빙글 돌렸다.

나는 남자를 죽여야겠다고 생각했다.

그래서 나는 옆으로 발을 옮겨 몸을 돌려서 남자의 손목을 잘랐다. 남자가 나를 조롱하지 않았다면, 칼을 돌리며 놀려대지 않았다면 남자가 나를 죽였을 것이다. 매우 빨리, 매우 쉽게 죽였을 것이다. 나를 놀렸기 때문에 남자는 손목이 잘렸다. 피가 분수처럼 뿜어 나왔다. 거대한 남자는 어린아이처럼 울부짖었다. 나는 쏟아져 나오는 남자의 피를 뒤집어쓴 채 울부짖는 남자의 잘린 손목 아래로 달려 들어가 남자의 넓적다리에 칼을 꽂았다. 남자의 넓적다리는 황소처럼 커다랗고 돌처럼 단단했다. 그 두꺼운 가죽과 질긴 근육을 가르고 핏줄을 끊기 위해서 나는 온 힘을 다해 칼을 비틀며 밀어 넣었다.

남자의 동맥이 끊어졌고 다시 한 번 뜨겁고 맑은 피가 소나기처럼 쏟아졌다. 남자가 남은 한 손으로 나를 잡으려 몸을 숙였고 나는 남자의 다리 사이로 빠져나왔다. 남자는 쓰러졌다.

나는 쓰러진 남자의 등 뒤로 달려 올라갔다. 남자의 뒷목에 칼을 꽂았다. 남자가 꿈틀거렸기 때문에 다시 한 번, 또 한 번, 계속해서 칼을 꽂았다.

마침내 남자가 움직이지 못하게 되었을 때도 나는 여전히 남자의 잘린 손목을 바라보고 있었다. 빙글빙글 칼을 돌리며 이죽대던 죽은 남자에게 여전히 분노하고 있었다. 분노했지만 남자는 이미 죽었다.

남자가 죽었다는 사실, 내가 남자를 죽였다는 사실을 깨닫기까지는 시간이 조금 걸렸다. 내가 뒤집어쓴 남자의 피는 미적지근하고 끈끈하게 식어버렸고 나는 피투성이 칼을 든 채 남자의 등 위에 올라서서 온몸을 떨고 있었다.

그의 어머니는 여자들의 첫 번째 왕이었다. 내가 피를 닦아내고 칼을 놓고 그의 어머니 앞에 나아가 미리 외워둔 정해진 인사의 말을 읊었을 때 그의 어머니는 대답하지 않고 나를 가만히 내려다보았다.

나는 남자가 칼을 빙글빙글 돌리며 나를 볼 때의 웃음을, 이전에 많은 남자들이 칼을 든 나를 볼 때의 눈빛을 생각했다. 그의 어머니의 얼굴에는 그런 조롱이나 경멸은 없었다. 그런 조롱이나 경멸의 표정은 태어나면서부터 많은 것을 누리는 자들이 아주 어렸을 때부터 배우는 것이었다. 남자들의 세상 속을 살아가는 여자들에게 그런 표정은 매우 드물게 나타난다. 대신 그의 어머니가 나타낸 것은 경계와 의심의 눈빛이었다.

나는 왕이 되고 싶지 않았다. 여자들의 두 번째 왕이 되고 싶은 생각은 더더구나 없었다. 나는 그저 살고 싶었다. 경멸이나 조롱이나 탐욕의 눈빛을 앞에 대하지 않고 그저 무심한 사람들 속에서 무심한 한 명의 사람으로 무심하고 조용하게 살아가고 싶었다. 물론 그런 의도를 설명할 만한 때도 장소도 상황도 아니었다.

그의 어머니가 시선을 돌렸다. 그를 바라보며 가볍게 고개를 끄덕였다. 그가 자리에서 내려왔다. 무릎을 꿇은 나를 일으켜 세웠다. 나의 손을 잡고 함께 그의 어머니에게 고개 숙여 인사했다.

그리고 몸을 일으키면서 그가 내 귀에 속삭였다. 자신의 어머니가 나를 죽일 것이라고.

약혼의 기간은 길지 않았다. 그것은 짧은 만큼 이상하고 혼란스러운 시기였다.

그가 찾아왔다. 나는 그에게 가지 않았다. 그에게 가려면 궁에 들어가야 했으며 궁에는 그의 어머니와 그의 어머니의 부하들이 있었다. 여자들의 첫 번째 왕과 그 왕을 둘러싼 여자들의 경계와 의심의 눈초리가 있었다. 그래서 나는 그의 어머니가 부르지 않으면 궁에 가지 않았다. 그의 어머니가 부르더라도 적절한 핑계나 구실이 있으면 가지 않았다. 정해진 결혼의 날이 오기 전에 탈출할 방도를 마련해야 했다. 탈출 계획의 바탕만이라도 제대로 짜기 전에 그의 어머니에게 죽을 수는 없었다.

그래서 그가 나에게 찾아왔다. 그는 내 옆에 어색하게 앉아 있었다. 나는 그를 관찰했다. 그리고 물어보았다.

"칼 쓰는 법 알아?"

물론 그는 칼을 쏠 줄 알았다. 잘 알았다. 그는 여자들의 첫 번째 왕의 아들이었고 어머니가 왕이 될 수 있도록 곁에서 지켜준 사람들 중 하나였다. 그러니까 나는 알아야만 했다. 그가 어떤 칼을 쓰는지, 그가 나에게 어떤 칼을 쓰는지. 그것을 아는 일은 나에게 생과 사의 문제였다.

그래서 나는 그에게 목검을 내밀었다. 그는 당황했으나 망설이면서도 목검을 받아 들었다. 나는 그와 함께 뜰로 나왔다.

나와 마주 선 뒤에도 그는 선뜻 목검을 들지 않았다. 나는 그가 무엇을 숨기고 있는지 찾아내기 위해 그의 망설임 너머를 주의 깊게 들여다보았다.

마침내 그가 눈을 들어 나를 마주 보았다. 목검을 들었다. 그의 칼은 반듯했고 어깨는 차분했으며 몸에는 한 점의 빈틈도 없었다. 그가 진심을 다해 나를 죽이려 한다면 나는 쉽게 막지 못할 것이라고 생각했다.

그가 첫 공격을 시도했다. 매우 실험적이고 망설임이 가득한 시도였다. 나는 쉽게 목검을 들어 그의 나무칼을 가볍게 옆으로 흘렸다. 멈출 새 없이 그가 다시 공격했다. 이번에는 진짜였다. 그의 목검이 내 목검을 부러뜨릴 듯 강하게 내리쳤다. 나는 나무칼을 놓치지 않기 위해 온 힘을 다해 움켜쥐어야 했다.

"나를 믿어달라고 한다면, 무리입니까."

칼과 칼이 떨어진 뒤에 서로 마주 보고 숨을 고를 때 그가 나에게 불쑥 물었다. 나는 대답하지 않았다. 그가 다시 공격했다.

그는 빠르고 강하고 반듯하게 칼을 썼다. 나는 그보다 약했고 나의 칼은 종종 흔들렸다. 나를 향하는 그의 칼끝에서나 표정에서나 내가 그토록 흔하게 보았던 조롱이나 경멸은 찾을 수 없었다. 이런 상황에서 이런 상대로 만나지 않았더라면 나는 그의 칼을 좋아했을 것이라고, 머리 위로 떨어지는 그의 칼날을 받아내며 아주 잠깐 생각했다.

그의 칼은 받아내는 나의 칼을 이기고 나를 강하게 밀었다. 나는 중심을 잃고 칼을 놓치며 넘어졌다. 그가 내 위에 올라탔다.

"입 맞춰도 됩니까?"

그가 물었다.

나는 칼을 빙글빙글 돌리던 커다란 남자를 생각했다. 그 비웃는 눈빛 앞에서 솟아올랐던 분노가 다시 치밀었다. 나는 다리를 휘두르며 몸통과 허리를 한 번에 힘주어 비틀어서 위에 올라탄 그를 떨구어낸 뒤에 떨어뜨린 목검을 재빨리 집어 들며 일어섰다.

"놀리지 마."

내가 넘어진 그의 목을 향해 목검을 겨누며 속삭였다.

"그런 적 없습니다."

그가 대답을 마치기 전에 나는 그를 향해 목검을 내리쳤다. 그는 황급히 몸을 돌려 칼끝을 피했다. 나는 틈을 주지 않고 계속 내리쳤다. 그는 옆으로 굴러서 피하며 일어섰다.

나는 다시 일어선 그의 목을 향해 칼을 겨누었다.

그가 나를 쳐다보면서 천천히 조심스럽게 칼을 내렸다. 나는 칼을 내리지 않았다.

"내일 다시 오겠습니다."

그러더니 그는 목검을 내려놓고 떠났다.

그가 떠난 뒤에 그의 누이가 찾아왔다. 누이는 칼을 쓰는 데는 관심이 없었다.

"결혼 준비 잘 돼가?"

누이가 웃으며 물었다. 그리고 누이는 나의 거처를 탐색하듯이 둘러보았다.

"깔끔하네, 검소하고…. 수도승의 방 같네?"

"무슨 일입니까?"

내가 물었다. 누이는 하얀 이를 드러내고 매혹적인 웃음을 띠었다.

"친해지려고 왔지. 이제 가족이 될 거니까."

그리고 누이는 내 옆에 앉아서 내 쪽으로 몸을 바짝 붙였다. 긴 머리카락에서 과일 같은 신선한 향기가 옅게 흘러 주위를 감쌌다. 누이는 부드러운 손으로 내 손등을 감쌌다.

"손이 거칠구나. 싸우는 손이네."

나는 손을 빼지 않았다. 누이가 말을 잇기를 기다렸다.

"가족이 되기 전에 죽을지도 몰라. 어머니가…."

"압니다."

끝까지 듣지 않고 내가 말했다.

"그렇지? 역시 아는구나."

누이가 반색했다.

"그럼 길게 얘기할 필요 없겠네. 내가 도와줄게."

누이가 나에게 몸을 더욱 바짝 붙였다. 누이의 입술이

내 볼을 스쳤다. 누이의 숨결에서도 과일 같은 신선하고 상쾌한 향기가 옅게 풍겨 나왔다. 누이가 나의 팔에 자기 팔을 맞대었다. 누이의 손가락이 내 손가락 사이로 들어와 깍지를 끼었다.

나는 뿌리치지 않았다. 누이가 돌아간 뒤에 나는 그가 뜰에 두고 간 목검을 가져와 정리하며 빠른 시일 내에 도망쳐야겠다고 생각했다. 그의 가족 사이에 어떤 전투가 벌어지고 있는지 누가 누구의 편인지는 알고 싶지 않았다. 그러나 내가 원하든 원하지 않든 나는 이미 그 싸움의 일부가 되어 있었다.

나는 빨리 도망치지 못했다. 누이가 혼인했기 때문이었다. 누이는 나를 신부 들러리로 원했다. 나의 태생은 비천하고 나는 그러한 중차대한 임무에 어울리는 아름답거나 고귀한 사람이 아니라고 몇 번이나 호소했으나 누이도 그 어머니인 왕도 듣지 않았다. 나는 궁에 끌려 들어가 결혼식이 끝날 때까지 누이의 곁에서 지내야 했다.

궁의 여자들이 나의 손에서 검을 빼내고 대신 반지와 팔찌를 채웠으며 목 주위에 갑주 대신 목걸이를 걸어주었다. 불편한 옷을 입고 불편한 화장을 하고 불편하게 머리카락을 묶어서 말아 올린 채로 나는 누이의 곁에서 누이가 원하는 곳으로 따라다니며 누이를 돋보이게 할 예식의 준비를 도왔다. 돕는다기보다는 지켜보았다.

"너도 이제 곧 결혼할 테니까."

누이는 나를 의미심장하게 바라보며 다시 그 매혹적인 웃음을 보여주었다.

"그때는 내가 너의 들러리가 되어줄게."

그리고 누이는 긴 속눈썹을 나풀거리며 내게 한쪽 눈을 찡긋 감아 보였다.

누이가 사용하는 장소에는 누이의 약혼자도, 그도, 남자는 아무도 들어오지 못했다. 그것이 혼인의 예식 전에 지키는 궁의 법도라고 했다.

그는 그 법도를 지키지 않았다. 해가 진 뒤에 마침내 누이에게서 풀려나서 나는 하루 종일 나를 옭아매던 불편한 옷을 벗을 새도 없이 여자들이 가져갔던 검을 찾으러 갔다. 물론 여자들이 검을 어디에 숨겼는지는 알 수 없었고 나는 곧바로 길을 잃었다. 누군가의 눈에 띄기 전에 다시 방으로 돌아가려고 우왕좌왕하다 나는 그와 마주쳤다.

그는 말없이 나를 쳐다보았다. 나는 장식품을 감상하듯 나의 몸을 위아래로 훑는 그의 시선이 불쾌했다. 나의 손에는 칼이 없었지만 머리카락에는 긴 비녀가 꽂혀 있었다. 그래서 나는 자연스럽게 팔을 들어 손을 이마로 가져가서 흘러내리지 않은 머리카락을 머리 뒤로 쓸어 넘겼다.

나의 손이 비녀에 닿는 것을 보고 그가 시선을 돌렸다.

"무례를 저지를 생각은 아니었습니다."

그가 낮은 목소리로 말했다. 나도 낮은 목소리로 속삭였다.

"여기 들어오면 안 돼."

그는 살짝 웃었다.

"보고 싶었습니다."

나는 머리에서 비녀를 뽑았다. 뒤통수에 고정되어 있던 머리카락이 등과 어깨로 흘러내렸다. 그는 내 머리카락이 흘러 떨어지는 모습을 홀린 듯이 바라보았다. 나는 비녀를 든 손을 자연스럽게 내렸다. 어깨는 차분했지만 손목은 가볍게 굽어서 손에 든 비녀의 끝이 그를 향하고 있었다.

"이걸, 드리려고 왔습니다."

그가 내 칼을 내밀었다. 칼자루를 내 쪽으로 건네주었다. 나는 오른손에 비녀를 그대로 들고 비녀 끝을 그에게 향한 채 그가 내미는 칼자루를 왼손으로 받아 들었다.

"무례를 용서하십시오."

그가 다시 한 번 말했다. 그리고 그는 고개를 숙여 인사하고 사라졌다.

결혼식에서 누이는 찬란하게 아름다웠다. 나는 누이의 결혼식에 칼을 차고 참석했다. 나의 옷은 소매가 길어 팔을 내리면 소매가 칼자루에 감겼고 치마가 길어 다리에 감기고 바닥에 쓸렸으며 나의 머리카락은 부자연스럽게 높이 올려진 채 비녀로 고정되어 머리를 움직이기 불편했고 칼은 거추장스럽고 옷과 어울리지 않았다. 나는 칼을 찬 채로 누이의 왼쪽에 서 있었고 칼을 찬 채로 누이와 누이의 약혼자의 손목을 모아 끈을 묶어주었다. 누이는 즐겁다는 듯 그 매혹적인 미소를 온 얼굴에 환하게 밝힌 채 나를 쳐다보았으며 이제 신랑이 된 약혼자와 함께 돌아서서 퇴장할 때 왼손으로 신랑의 손을 잡고 오른손은 나와 팔짱을 끼었다. 그의 어머니는 얼굴에 작은 경련을 일으켰으나 입을 꾹 다물고 끝까지 한마디도 하지 않았다.

예식이 끝나고 배정된 방으로 돌아와서 나는 비녀부터 빼고 머리카락을 내렸다. 비녀가 지나치게 단단하게 고정되어 하루 종일 머리가 아팠고 예식이 끝날 때쯤에는 통증이 목까지 흘러 내려왔다. 욱신거리는 관자놀이를 문지르며 나는 목에 걸린 거추장스러운 목걸이를 풀고 손가락에서 반지를 빼고 손목에서 팔찌를 뺀 뒤에 허리에서 칼집을 풀어 옆에 놓았다. 그리고 나는 허리를 조이고 다리에 감기는 불편한 옷에서 마침내 벗어났다.

누군가 문을 두드렸다. 나는 칼자루를 향해 손을 뻗으며 벌떡 일어섰다.

문이 열리고 누이가 들어왔다. 누이는 옷을 벗은 채 손에 칼만 들고 있는 나를 쳐다보았다. 얼굴에 다시 한 번 그 매혹적인 웃음이 번졌다.

"오늘 고마웠어."

누이가 말했다.

나는 대답하지 않았다. 방금 결혼식을 마친 신부가 신혼의 밤에 나를 찾아온 이유를 알 수 없었다.

누이는 개의치 않았다. 나에게 다가와 어깨에 손을 얹었다.

"어머니한테는 신경 쓰지 마."

누이의 손이 내 어깨에서 가슴으로 움직였다.

"나는 네가 칼 쓰는 사람인 게 좋거든."

누이의 손가락이 내 가슴을 부드럽게 휘감아 돌았다.

"내가 궁을 떠나더라도, 전처럼 자주 만나지 못하더라도…."

누이의 손이 내 허리를 어루만졌다.

"나를 잊지 말고, 뭐든 필요하면 얘기해."

누이가 내 허리를 감싸 안고 나를 끌어당겼다.

"언제든지, 뭐든지."

누이가 내게 입 맞추었다. 나는 눈을 감았다. 그러나 칼을 놓지 않았다.

누이가 입술을 떼고 나를 바라보며 웃었다. 그리고 뒤를 돌아보았다. 문가에 그가 서 있었다. 나체로 손에 칼을 쥔 채 누이에게 안긴 나를 그는 굳어진 채로 바라보았다.

누이가 웃었다. 그는 고개를 숙였다. 그리고 황급히 몸을 돌려 그는 사라졌다.

"결혼식 준비 잘해."

누이가 내 귓가에 속삭였다. 그리고 귓불에 가볍게 입을 맞추고 누이는 나가버렸다.

그는 결혼식 날까지 나에게 찾아오지 않았다.

누이는 남편과 함께 떠났고 나는 숙소에 홀로 남아 여자들의 손에 맡겨졌다. 여자들은 다시 한 번 나의 손에서 칼을 빼내고 나에게 더욱 불편한 옷을 입히고 나의 손가락에는 반지를, 손목에는 팔찌를, 목에는 목걸이를 채웠다. 머리카락만은 다시 올리고 싶지 않았으나 긴 비녀가 필요할지도 모른다고 생각해서 나는 참았다. 누이는 약속과 달리 나의 결혼식 날까지 돌아오지 않았고 나의 곁에 서서 결혼식 동안 나의 손을 잡아주고 그의 손과 내 손을 모아 손목을 끈으로 묶어준 사람은 궁의 여자들 중에서 가장 나이가 많고 가장 아름다운 여성이었다. 가장 엄격하기도 한 이 여성이 나의 머리를 묶어서 틀어 올리고 나의 허리를 조였으며 이 여성의 명에 따라 궁의 다른 여자들이 나의 손가락과 손목과 목을 장식하고 나에게 점점 더 불편한 옷을 가져다 입혔다. 그 모습을 보며 나는 실제로 여자들의 왕은 아마 이 여성이 아닐까 생각했다.

결혼식을 마친 뒤에 나의 신부 들러리는 나를 불편한 옷과 장식 속에 갇힌 그대로 그의 방에 데려가 밀어 넣고 문을 닫았다. 나는 이 옷에서 벗어나면 입을 만한 다른 옷이 있는지, 그리고 내 칼은 어디 있을지 생각했다.

답을 미처 얻지 못하고 생각에 잠겨 있을 때 문이 열리고 그가 들어왔다. 나는 그가 양쪽 허리에 칼을 차고 있는 것을 보았다.

그는 나를 보자마자 성큼성큼 다가와서 나의 어깨와 허리를 끌어안고 내게 입 맞추었다. 나는 굳이 뿌리치지 않았다. 어쨌든 그는 이제 나의 남편이었다.

길고 무거운 입맞춤 끝에 그가 깊이 한숨을 쉬며 나를 놓아주었다. 고개를 푹 숙여 바닥을 내려다보며 그가 칼자루를 내 쪽으로 해서 나의 칼을 내밀었다.

"가져왔습니다."

그가 말했다.

옷을 벗으려 했을 때 그가 나의 손목을 가볍게 잡았다.

"자객이 올 겁니다."

그가 말했다. 나는 고개를 끄덕였다. 그리고 머리에 꽂았던 비녀를 빼 침대 위에 내려놓았다. 목에 걸린 목걸이를 풀고, 손에 끼었던 반지와 팔찌를 빼었다. 그런 뒤에 허리띠를 풀고 옷을 벗었다.

"어머니가⋯."

그가 뭔가 다시 말하려 했다. 나는 그를 붙잡고 입 맞추었다. 그의 옷을 벗겼다.

그의 허리띠를 풀면서 나는 그가 칼을 어디에 내려놓는지 눈여겨 보아두었다.

"사랑합니다."

그가 말했다.

"오래전부터 사랑했습니다."

나는 대답하지 않았다. 나의 칼이 어디에 있으며 그의 칼이 어디에 있고 그가 나의 위에서 내 몸을 누르고 있을 때 내가 어떻게 움직여야 그보다 빨리 칼을 잡을 수 있을지를 생각했다.

그리고 나는 그가 잠들 때까지 기다렸다. 그가 잠든 것을 확인한 뒤에 나는 그의 몸 위로 손을 뻗어 그의 칼을 집었다. 내가 누운 쪽의 침대 아래에 칼을 숨겼다.

자객은 새벽에 찾아왔다. 방 안에 소리 없이 들어왔으나 나는 자객의 기척을 들었다. 자객이 나에게 다가오기 전에 내가 먼저 일어났다. 나의 칼을 오른손에, 그의 칼을 왼손에 들고 나는 자객을 향해 엇갈리게 휘둘렀다. 자객은 들어올 때처럼 소리 없이 바닥에 쓰러졌다.

방문이 부서졌다. 그 소리에 그가 눈을 뜨고 몸을 일으켰다. 나는 양손에 나의 칼과 그의 칼을 들고 그의 어머니가 보낸 자객들을 맞이했다. 그가 등잔에 불을 붙였다. 나를 향해 칼날이 날아왔다.

"도망쳐요."

그가 침대에서 뛰어 일어나 나를 향해 달려오며 소리쳤다.

"빨리 가요!"

그리고 그는 나를 향해 칼을 내리치려는 자객의 목에 짧고 뾰족한 것을 찔러 넣었다. 자객이 쓰러지자 다른 자객이 그에게 덤벼들었다. 그는 맨손으로 맞섰다.

나는 창문으로 도망쳤다. 옷을 입지 않은 채 손에는 두 자루의 칼만 들고 있었다. 옷을 챙기거나 몸을 가리는 데 신경 쓸 여유가 없었다. 나는 창문 아래로 뛰어내렸다. 미리 말을 묶어둔 곳으로 달렸다.

다행히 거기까지는 아무도 쫓아오지 않았다. 나는 말을 풀 새도 없이 올라타서 칼로 말을 묶은 줄을 끊었다. 그리고 새벽의 어스름 속으로 달려 나갔다.

누이의 집에 도착해서야 나는 어깨에서 가슴을 거쳐 배와 허리까지 칼에 베인 상처들을 보았다. 누이가 등잔을 든 여자들과 함께 달려 나왔다.

"맙소사, 그렇게 하고 달려온 거야?"

누이가 눈살을 찌푸렸다.

누이의 여자들이 나를 말에서 내려주었다. 말을 마구간으로 데려가 돌보고 나의 어깨에 옷을 걸쳐주었다. 나의 상처를 씻고 약을 발라주었다.

그동안 내내 나는 양손에 하나씩 두 자루의 칼을 꽉 쥐고 놓지 않았다. 나는 그가 자객들과 함께 나에게 덤빌 것이라 생각했다. 나는 그의 칼을 내려다보며 맨손으로 자객에게 맞서 나를 향해 도망치라고 소리치던 그의 목소리를 떠올렸다. 그의 칼이 내 손에 있었기 때문에 그는 나의 비녀를 손에 들고 자객을 맞았다. 자객의 목에 비녀를 찔러 넣은 후 그에게는 더 이상 무기가 없었지만 그는 한 번도 나에게 칼을 돌려달라고 하지 않았다.

누이와 누이의 사람들과 함께 나는 궁으로 향했다. 왕좌에 앉은 그의 어머니 곁에는 그가 칼을 들고 서 있었다. 그의 목에는 붕대가 감겨 있었다. 붕대에는 핏자국이 가늘게 배어 있었다.

"이렇게 될 줄 알았다."

그의 어머니가 일그러진 미소를 지으며 말했다.

누이가 나에게 신호했다. 나는 양손에 칼을 들고 앞으로 나섰다. 오른손에는 나의 칼, 왼손에는 그의 칼을 쥐고 있었다.

그가 앞으로 나섰다. 왕좌를 향해 가는 나를 막아섰다. 칼끝은 바닥을 향해 내린 채였다.

"비켜."

내가 조용히 말했다.

그가 고개를 저었다. 입을 벌렸다. 입술을 움직였으나 목소리는 나오지 않았다. 나는 그의 목에 감긴 붕대를 쳐다보았다.

시선을 들자 그와 눈이 마주쳤다. 그가 다시 고개를 저었다. 칼끝은 여전히 바닥을 향해 있었다.

나는 그를 몸으로 밀었다. 그가 균형을 잃었을 때 칼을 거꾸로 들고 칼자루 끝으로 그의 얼굴을 쳤다. 그는 비틀거리며 옆으로 밀려났다. 찢어진 입술에서 피가 떨어졌다.

그의 어머니의 사람들이 나를 향해 몰려왔다.

전투가 시작되었다.

사람들 속에 둘러싸여 나는 누이가 왕좌를 향해 올라가는 것을 보았다. 누이의 앞을 그가 막아섰다. 누이의 옆에서 누이의 남편이 성큼 앞으로 나왔다. 그를 향해 칼을 들었다.

뒤에서 누군가 나에게 칼을 내리쳤다. 나는 간신히 피했다. 왼쪽 어깨의 갑옷에 칼끝이 걸렸다. 나는 왼팔을 크게 휘둘러 갑옷에 걸린 칼을 떨쳐내며 몸을 돌렸다. 상대는 칼을 놓치고 맨손으로 나를 마주 보았다. 나는 신방에서 도망칠 때 그에게 덤벼들던 자객의 얼굴을 알아보았다.

자객이 웃었다. 비열한 웃음이었다. 자객은 계속 웃으며 입을 벌리고 나를 향해 혀를 음란하게 날름거리고 입술을 핥았다. 나는 자객의 목을 베었다.

다시 돌아섰을 때 나는 누이의 남편이 그의 가슴에 칼을 꽂는 것을 보았다. 그가 쓰러졌다. 누이가 왕좌를 향해 성큼 걸어 올라갔다. 왕좌에 앉아 있던 누이의 어머니가 일어섰다. 어머니 앞에서 처음으로 칼을 뽑아 누이는 여자들의 첫 번째 왕의 목을 베었다.

"왕은 죽었다. 새 왕에게 경배하라!"

누이가 천둥처럼 소리쳤다. 모든 전투가 일순간에 멎었다. 싸우던 모든 사람이 누이를 쳐다보았다.

"이제 여자들의 왕이 아닌 여자들과 남자들의 왕이 너희를 지배할 것이다!"

누이의 남편이 그 곁에 섰다. 누이는 남편의 손을 잡고 승리에 찬 칼끝을 높이 들어 올렸다.

"새 왕들에게 경배하라!"

싸우던 사람들이 하나둘씩 칼을 내렸다. 고개를 숙였다. 무릎을 꿇었다.

나는 무릎을 꿇지 않았다. 누이와 누이의 남편을 번갈아
쳐다보았다.

누이와 왕좌는 연결할 수 있었다. 그러나 누이와 왕좌
사이에 있는 누이의 남편을 이해할 수 없었다. 누이가 제시
한 계획 어디에도 누이의 남편은 포함되어 있지 않았다.

"저자를 잡아라!"

누이가 칼을 들어 나를 가리켰다.

"왕을 죽이고 왕위 찬탈의 음모를 꾸민 반역자다. 선왕의
핏줄을 타고난 정통적 후계자로서 명한다. 저자를 잡아라!"

무릎을 꿇었던 사람들이 하나둘씩 일어났다. 칼끝이 나
를 향했다. 나는 믿을 수 없었다. 조금 전까지 여자들의 첫
번째 왕을 보호하기 위해 싸우던 왕의 사람들과 누이의 사
람들이 모두 나를 향해 모여들고 있었다.

나는 붙잡혔다. 그의 칼과 나의 칼을 모두 빼앗겼다.

"날이 밝으면 처형하겠다."

누이가 말했다. 그리고 나를 향해 그 매혹적인 미소를
지어 보였다.

나는 궁의 지하감옥으로 끌려갔다. 감옥은 차갑고 습했
고 더러운 냄새가 풍겨왔다. 궁의 사람들, 누이의 사람들은
나를 감옥에 던져 넣고 문을 잠근 뒤에 사라져버렸다.

나는 축축한 흙바닥에 웅크리고 앉았다. 그의 칼과 나의

칼, 그의 목에 감겨 있던 붕대, 입술을 움직여 뭔가 말하려 했던 그의 얼굴을 생각했다. 나의 허리를 감아 안고 가슴을 어루만지던 누이의 손과 가느다랗고 아름다운 손가락을 생각했다. 도망쳐서 누이에게 가지 말았어야 했다고 생각했다. 그러나 그때는 누이가 아니면 내게 달리 갈 곳이 없었다. 나는 부자도 귀족도 아니었고, 여자들의 첫 번째 왕에게 도전한 남자를 죽인 골짜기의 농부 이야기는 이 나라의 모든 사람이 알고 있었다. 나는 도망칠 수 없었다.

그런 생각들을 되짚어보다가 나는 흙바닥에 웅크린 채로 깜빡 잠이 들었다.

문이 덜컹거리는 소리에 나는 퍼뜩 깨었다. 감옥 문이 열렸다. 그가 소리 없이 안으로 들어왔다.

나는 일어섰다. 그가 나를 말없이 쳐다보았다. 목에 감은 붕대와 가슴을 덮은 찢어진 옷에 커다란 피 얼룩이 배어 있었다.

"죽은 줄 알았는데."

내가 말했다.

"다행이야."

그는 대답하지 않았다. 여전히 말없이 그는 나에게 칼을 내밀었다. 어둠 속에서 그것이 그의 칼인지 내 칼인지는 알 수 없었다. 나는 단단한 칼집을 잡았다.

그가 나를 향해 몸을 숙였다. 나의 어깨를 양손으로 꽉 잡고 자기 쪽으로 끌어당겼다. 나의 귓가에 대고 쉰 목소리로 속삭였다.

— 지하도를 따라가십시오. 나무문의 빗장은 썩었으니 쉽게 부서질 것입니다. 문밖에 말을 매 두었습니다.

"너는?"

내가 물었다. 그는 말없이 고개를 저었다.

"고마워."

내가 말했다. 그가 속삭이듯 물었다.

— 입 맞춰도 됩니까?

나는 고개를 끄덕였다. 그가 다시 나를 향해 몸을 숙였다.

그의 차가운 입술이 내 입술에 닿은 순간 나는 잠에서 깨었다. 몸을 일으켰을 때 움츠린 다리 옆에 딱딱한 물건이 닿았다.

나는 그의 칼을 집어 들었다. 일어섰다. 감옥의 문을 밀어보았다. 문이 천천히 소리 없이 열렸다.

나는 감옥을 빠져나와 그가 알려준 지하도를 따라 달려 나갔다.

지하도 끝에는 나무문이 있었고 문의 빗장은 썩어 있었다. 나는 칼집에 넣은 칼로 빗장을 내리쳐 쉽게 부수었다. 문을 열고 나가니 나무가 있었고 그 아래에 말이 나를 기다리고 있었다.

말 등에 올라 나는 이제 어디로 가야 할지 잠시 생각했다.

어디든 상관없었다. 나에게는 조국도 군주도 민족도 없었다. 유일한 나의 사람은 이미 죽었다.

그래서 나는 말을 돌려세워 고향 가는 길의 반대 방향을 향했다. 칼을 손에 꽉 쥐고 나는 말을 몰아 알 수 없는 새벽으로 향하는 길을 달리기 시작했다.

잃어버린
　　　　시간의
　　연대기

정은 딸 셋과 아들 넷을 두었다. 그 딸들 중 둘째인 호는 다시 딸 넷을 낳았다. 그 딸들 중 셋째인 순은 다시 딸 둘을 낳았다.

나는 그 두 딸 중 맏이다.

이야기는 핏줄과 함께 여자에게서 여자에게로 전해진다.

"그때 우리 집에 큰 휴대용 조명등이 있었거든. 아버지가, 그러니까 너희 외할아버지가 그 시절에 드문 그런 외제 물건을 잘 구해오시고 그래서 집에 그런 물건들이 꽤 있었는데, 나는 그 조명등이 그렇게 신기했어. 그래서 아버지가 산에 가셨을 때, 그때 산엘 왜 갔더라? 장작 땔 나무가 필요했는지 아마 그랬을 거야. 그때 그 조명등을 들고 가시길래 나도 따라갔지."

"언니가 그때 다섯 살인가 그랬지, 아마."

"그럴 거야. 그래 나는 그 조명등이 신기하니까 그걸 이렇게 들고 켰다 껐다 하면서 놀았는데, 산 밑에서 보니까 무슨 불빛이 번쩍번쩍하는 거라. 그때야 전쟁 때니깐 그걸 간첩이 북에다 신호를 한다고 생각하고 누가 신고를 한 거지. 그래 사방에서 순식간에 경찰이랑 국방군이 이렇게 새까맣게 몰려와가지고선 아버지랑 나랑 잡아다가 경찰서로 끌고 간 거야.

경찰서에 가서 심문을 받는데, 다섯 살이면 좀 앵앵 울고 무서워하고 그래야 되는데 이 꼬마가 겁도 없이 그게 우리 아버지가 출장 가서 사온 외제인데 내가 너무 신기해서 껐다 켰다 했다, 이렇게 울지도 않고 좔좔 설명을 하니까 경찰은 되려 이거 어린애를 훈련시켜서 이렇게 외워줬구나, 간첩이 맞다, 이렇게 돼버린 거지."

"그래서 어떻게 풀려났더라?"

"그때 우리 외삼촌이, 그러니까 할머니 남동생이 갓 열여덟 먹어서 국군에 입대를 해가지고, 마침 꼭 그날 휴가를 받아서 집에 와 있었던 거야. 그래 매형하고 조카가 잡혀갔다니까 부르르 경찰서로 달려와서 신원보증을 해줘서 간신히 풀려났지 뭐니." 할머니 장례식에서 큰이모에게 들은 이야기이다.

"할머니 시아버지가, 그러니까 네 증조할아버지가, 상과 대학교 교과서에도 나오는 어마어마한 사업가였어. 그래 육이오가 터지니까 공산군이 부르주아라고 노리고 있다가 잡으러 온 거야. 그래서 그때 우리 돈암동 집 마루를 뜯고 할아버지가 그 밑에 숨어 계셨어. 그런데 공산군이 잡으러 왔다가 보니까 없으니까 대신 아들을 끌고 간 거지.

그때가 8월 한여름 복중이라서 우리 아버지가 그냥 이렇게 샤쓰에 게다짝 신고 바깥에 뭐 사러 갔다가 집에 딱 들어왔는데 공산군이 집 안에 몰려와서 뒤지고 있는 거야. 그래 아버지가 잡혀가게 생겼으니까 그 사람들한테 아버지 집에 없다, 내가 아들인데 무슨 일이냐, 하고 나서니까 그대로 총부리 이렇게 들이대고 데려간 거야.

우리 아버지가 그때 게다를 신고 끌려가셨어요. 요즘 쓰레빠는 플라스틱이라 오죽 튼튼하니, 1년 내리 신어도 망가지질 않아서 버릴 수가 없어서 고민이지만 그때 게다짝은 나무 판대기에다 짚으로 엮은 밧줄 쪼가리 중간에 이렇게 못으로 꽝 박아서 만든 거라 십 리만 걸으면 너덜너덜해졌다고.

나중에 우리 외삼촌이, 그러니까 외할머니 막내 남동생이, 국방군 가 있다가 포로로 잡혔어. 그때 국군이 저 위에

신의주까지 올라갔다가 중공군이 인해전술로 밀고 내려오는 바람에 다 도로 후퇴했거든? 일월 사일에 후퇴했다고 그게 일사 후퇴야. 그때 그렇게 후퇴하다가 많이 포로로 잡히고 그랬어. 그래 잡혀서 끌려가는데 그 공산군 부대가 가다가 평양에서 한 번 멈춰서 포로들을 다 어느 민가에다 가둬 뒀대요. 그런데 거기서 너희 외할아버지랑 딱 만난 거야.

그래 외삼촌이 우리 아버지한테 같이 도망치자고 그랬는데, 외삼촌은 그때 군화 신고 있었지만 우리 아버지는 게다짝을 신고 서울에서 평양까지 걸어갔으니 그 발이 성했겠니? 그래 발이 다 해져서 제대로 걷지도 못하니까, 아버지가 외삼촌한테 그냥 혼자 가라고 그랬대. 그래서 외삼촌만 도망온 거야.

아버지 소식을 들은 건 그게 끝이란다."

탈상을 한 후 어머니에게 들은 이야기이다.

"그때 우리 집이 그 동네에서 제일 컸어. 그 집을 우리 엄마가, 그러니까 외할머니가, 이렇게 무릎 꿇고 앉아서 마룻장을 하나하나 다 닦아서 기름 먹이고 그런 집이거든. 그런데 동네에서 제일 큰 집이니까 국군이 들어오면 제일 먼저 우리 집으로 와서 사령부로 쓰고, 또 공산군이 들어오면 또 제일 먼저 들어와서 사령부로 쓰고 그랬어.

그런데 공산군이 들어와서 자기네 사령부라고 군홧발로

막 방 안에 들어오고 그러니까 할머니가 그 사람들한테 신발 벗으라고 그랬대. 그랬더니 공산군이 총부리를 이렇게 할머니 목에 들이댔는데, 아유, 그때 어떻게 해서 살아났다더라?"

할머니가 어떻게 해서 살아나셨는지 나는 아마 영영 알지 못할 것이다.

어머니는 그때 세 살이었다.

"너희 외할머니도 평생을 소설로 쓰면 아마 박경리《토지》같은 어마어마한 대하소설이 하나 나올 거다."

할머니는 잊힌 이야기들을 남긴 채 돌아가셨다.

어머니는 한숨을 쉬며 덧붙였다.

"그 시절에 그 정도 사연 없는 집은 없지."

세대의 교체는 세대의 상실을 의미한다.

…그렇게 시간은 흐르고, 잊혀버린 이야기들은, …잊혔다는 사실조차도 잊히고 만다.

1. 승리자

…적군은 물밀듯이 쳐들어왔다.

군사를 모두 잃고 왕은 어린 왕자와 수하의 호위병 몇 명만을 데리고 참모인 장수와 함께 산 위로 피신하였다. 산 아래에서 궁성이 불타고 적군이 추격해오는 것을 보고 왕은 하늘을 향하여 탄식한 뒤 칼을 뽑아들고 모두에게 자결을 명하였다. 이에 장수가 대답하였다.

— 전투에 패배하고 군주를 위험에 처하게 한 것은 모두 소신의 불충이오니 명을 받들어 자결하겠나이다. 그러나 소신이 죽은 뒤 기이한 일이 벌어지거든 부디 죄 없는 병졸들과 꽃다우신 왕자 전하의 목숨을 거두지 마시고 다시 한번 왕조의 융성을 꾀하여 주시옵소서.

그리고 장수는 왼손으로 자신의 머리채를 움켜쥐고 오른손으로 칼을 뽑아 스스로 자신의 목을 베었다. 목이 떨어진 후 장수는 칼을 땅에 던지고 양손으로 자신의 목을 받쳐 들고 세 걸음 걸어 왕의 앞으로 나아가 무릎을 꿇고 자신의 목을 바쳤다. 그리고 장수의 몸은 땅에 쓰러져 움직이지 않았다.

잘린 목에서는 피가 한 방울도 흐르지 않았고, 목이 잘린 후에도 장수의 머리는 평온한 표정으로 눈을 감지 않고 주위를 둘러보았다. 그리고 조용히 입을 열어 이렇게 말했다.

— 이 산의 동쪽으로 내려가면 좁은 골짜기에 동굴이 있습니다. 폐하와 왕자 전하께서는 부디 동굴에 피신하시고 호위병들을 골짜기에 매복시켜 적군이 오는 대로 베게 하소서.

왕은 장수의 머리가 지시하는 대로 동쪽 골짜기에 몸을

숨겼다. 과연 골짜기는 좁고 깊어 적의 병사가 한 번에 한두 명 이상 접근하지 못하였고, 그리하여 적은 수의 호위병이 매복하여 적의 대군을 무찌를 수 있었으니 이것은 모두 장수의 잘린 머리의 충언을 따른 덕분이었다. 전쟁이 끝나고 무사히 왕궁에 복귀한 왕은 장수의 잘린 머리를 금쟁반에 얹고 절하며 탄식하였다.

— 짐의 경솔함으로 인해 명장을 잃었구나! 비록 머리만이라도 그대는 짐의 장수이니 앞으로도 계속 짐을 이끌어주지 않겠는가?

이에 장수의 잘린 머리는 처음으로 눈을 감고 미소를 띠었다. 곧 목에서 피가 강물과도 같이 흘렀고, 장수의 머리는 창백하고 뻣뻣하게 시들어 다시는 말하지 않았다.

—《연대기》II권 중 발췌인용

어떤 이야기들은 잊히지 않는다.

2. 굳셀 무(武)

문법 자체가 성별 구분에 민감하지 않은 언어의 경우 고문서의 해독에 있어 특히 주의해야 한다.

왕과 사랑에 빠진 장수가 아들을 낳은 후에도 왕비의 자리를 거부하고 본분에 충실하여 굳세게 무인(武人)으로 남은 이야기는 《연대기》 I권의 마지막 부분에 기록되어 있다.

미술관에 특별 전시 중인 청동 조상 '승리자'에 장수가 남자로 묘사되어 있는 것은 언어의 불명확성과 일반의 편견에 기인한 오류이다.

나는 청동 조상 '승리자' 앞에 서 있다. 조상의 왼손이 높이 쳐든 잘린 머리의 표정을 나는 오랫동안 들여다본다. 얼굴은 갸름하고 매끄러우며, 감긴 눈은 평온하고, 끝이 살짝 들린 입술은 아무도 이해할 수 없는 이유로 웃고 있다. 설명문은 사실성(史實性)을 강조한다. 그에 따르면 이 얼굴은 작가가 창의력으로 상상해낸 것이 아니라 고대 기록을 토대로 복원했다고 한다.

그 얼굴은 이야기와 함께 흐르는 시간 속의 한순간에 그대로 영원히 정지되었다.

할머니 장례식에는 내가 알지 못하는 사람들이 많이 찾아왔다. 의례대로 그 낯선 사람들을 응대하던 어머니는 그중 어느 한 사람을 글자 그대로 버선발로 뛰어나가 반갑게 맞이하였다. 당사자조차 그런 환대는 예상하지 못했는지 몹시 당황한 표정이었다.

우리 큰딸이에요, 라고 나를 소개한 어머니는 엄마 사촌 오빠란다, 라고 내게 그분을 소개했다. 성씨로 미루어 나는 그분이 외할아버지 쪽 친척일 것이라 짐작했다.

얼굴이 갸름하고 손발이 긴 외할머니 쪽 핏줄과는 달리 그분은 얼굴이 둥글고 눈썹이 짙었고, 노년에 들어서도 여전히 숱 많은 머리카락은 희게 서리가 내렸으나 무성하고 곱슬곱슬했다. 나는 사진조차 한 번도 보지 못한 외할아버지가 살아 계셨다면 아마 저분과 비슷한 모습일 것이라 짐작했다.

그래서 나는 어머니가 그분을 그토록 반가워하는 이유를 조금 알 것 같았다.

나와 어머니와 어머니의 사촌 오빠 세 사람은 모두 고수 머리다.

그렇게 나는 누군가의 머리카락에서 불멸의 한 조각을 보았다.

3. 어머니와 아들

왕자의 어린 시절 동안 장수의 죽은 머리는 내내 옥좌 곁을 지켰다.

시간이 지나면서 왕자는 모든 여성의 얼굴에서 죽은 어

머니의 그 뻣뻣하고 창백한 미소를 발견하게 되었다.

　이로 인하여 왕자는 청년기를 맞이한 후에도 여성을 가까이하기를 거부하였다.

　그리하여 아들의 목숨과 함께 왕조의 앞날을 구하려던 장수의 노력은 수포로 돌아갔다.

4. 결혼

　스물한 살이 되던 해 왕자는 과거 자신의 나라를 거의 멸망에 빠뜨리고 어머니를 죽음으로 몰고 간 바로 그 적국의 공주와 결혼하였다.

　결혼식 날 밤 왕자는 신방에 들어 인형처럼 앉아 있는 공주의 면사포를 벗겼다. 앳된 열여덟 살 소녀의 얼굴에서 또다시 창백하고 뻣뻣하게 시든 죽음의 미소를 발견하고 왕자는 공포와 경악을 숨기며 천천히 말하였다.

　— 내가 지금 이 방을 나감은 결코 그대를 욕되게 하려는 목적이 아니오. 날이 밝으면 편전으로 오시오. 어좌 곁에 그대에게 보여줄 것이 있소.

　이에 공주가 대답하였다.

　— 어머님이신 장군님의 이야기는 익히 들어 알고 있습니다.

왕자는 소녀의 죽은 얼굴을 말없이 들여다보다가 물었다.

— 이미 알고 있다면 어째서 결혼을 수락하였소?

공주가 대답하였다.

— 본분에 충실했을 뿐입니다.

이에 왕자는 잠시 생각한 후 제안하였다.

— 그대에게 남편으로서의 역할은 해줄 수 없으나, 이 나라의 왕자로서, 미래의 군주로서 대신 이것만은 약속하겠소. 그대가 왕자비로서, 그리고 훗날 왕비로서의 본분에 충실히 임해준다면 다른 부분에 있어서는 완전한 자유를 보장하겠소.

공주는 대답하였다.

— 제가 왕자님의 아내라면 왕자비로서의 본분과 아내로서의 본분은 서로 떨어질 수 없는 것입니다. 떨어뜨릴 수 없는 것을 갈라놓는 자유는 원치 않사오니 부디 다시 생각해주시옵소서.

왕자는 이에 대답하지 않고 방을 나갔다.

"그 털북숭이가 내 인생을 망쳤지."

할머니는 웃으면서 이렇게 말씀하셨다.

할아버지는 할머니 오빠의 친구였다. 어느 날 집에 놀러 왔다가 할머니를 보고 첫눈에 반해서 '장안이 떠들썩한' 구애를 시작했다.

할머니는 그때 고등여학교를 갓 마치고 어느 여학교에서 가정 선생님으로 근무하기 시작한 참이었다. 할아버지는 매일 아침 꽃다발을 들고 할머니가 근무하는 학교 정문 앞에서 할머니를 기다렸다.

보수적인 시절이었고, 여학교의 가정 선생님이란 여학생들을 가르친다기보다 조신하고 참한 여인으로서의 본보기를 보이는 역할이 더 컸다. 일생일대의 스캔들을 맞이하여 할머니는 할아버지의 구애를 받아들였다. 할머니는 고운 열여덟 살이었다.

할아버지가 몇 살이었는지는 아무도 내게 말해주지 않았다. 할머니의 사망신고를 위해 떼어온 서류들에서 할아버지가 혼인 당시 스물여덟이었음을 발견하고 나는 할아버지가 할머니에게 '내 인생을 망친 털북숭이'라는 폭언을 들어 마땅하다고 결론지었다.

10년 뒤에 할아버지는 할머니에게 딸 넷을 남기고 북으로 끌려가 돌아오지 않았다.

"아버지가 허구헌 날 집에 사람들을 데리고 와서 엄마가 고생 많이 하셨지. 밥이 귀하던 시절이니까 아는 사람이 먹을 게 없으면 다 우리 집에 데려와서 먹이고 재우고, 집에 항상 사람들이 들끓어 시끌벅적한 데다 낮이고 밤이고 시도 때도 없이 누굴 데려와서 밥상 차려 내오라고 하고, 우리 엄마 예민한 성격에 많이 시달리셨을 거야."

"아버지 다리 다쳐서 집에 석 달인지 넉 달인지 누워 계신 적이 있었지? 아마 엄마가 십 년 결혼생활 하면서 그때 딱 한 번 좀 조용하고 행복하셨을걸."

그리고 할머니는 57년 동안 할아버지를 기다렸다.

5. 선물

3년간 공주는 신방에서 홀로 지냈다.

공주가 스물한 살이 되던 날이었다. 어지러운 하루의 일과를 마치고 피곤한 몸으로 잠자리에 들려는 공주의 침실문을 누군가 두드렸다. 공주는 문을 열었다.

문밖에 젊은 남자가 서 있었다.

— 무슨 일이냐?

공주가 물었다.

— …왕자님께서 보내셨습니다.

젊은 남자가 망설인 끝에 머뭇거리며 대답했다.

— 나를 부르시더냐? 무슨 일로?

공주가 잠옷 위에 걸칠 것을 찾으며 물었다.

— 그런 것이 아니오라….

젊은 남자는 말을 끝맺지 못했다.

— 그럼, 무슨 분부라도 전하라 하시더냐?

남자는 한동안 고개를 숙이고 있다가 작은 목소리로 말했다.

— 공주님을 즐겁게 해드리라 하셨습니다.

공주는 잠시 이해하지 못하고 멍하니 서 있었다.

남자가 고개를 들고 말했다.

— 공주님과… 밤을 보내라 하셨습니다.

공주는 남자의 얼굴을 들여다보았다. 그리고 물었다.

— 너는 누구냐?

— 저는 왕자님의 시종입니다.

— 이름이 무엇이냐?

남자가 이름을 말했다.

공주는 손을 들어 남자의 뺨을 쳤다. 그리고 말했다.

— 왕자님께 가서 내가 대답 대신 너의 뺨을 쳤다고 아뢰어라. 이것은 시종인 네가 주인 대신 맞은 것이다.

그리고 다시 손을 들어 남자의 뺨을 치고 말했다.

— 이것은 너를 향한 것이다. 부끄러운 줄 알아라.

그리고 남자가 뭐라고 말하기도 전에 공주는 침실 문을 닫고 걸쇠를 걸어 잠갔다.

6. 결론

다음 날 아침 공주는 손이 아파 잠에서 깨어났다.

태어나서 그때까지 공주는 한 번도 힘을 쓰거나 사람을 때려본 일이 없었다. 붉게 부어오른 손바닥을 보고 공주는 전날 밤 젊은 남자 시종의 얼굴과 이름을 기억했다.

《연대기》에 따르면 공주는 후일 남자 시종을 불러들여 자신의 시종으로 삼는다. 공주가 딸을 낳자 이미 왕이 된 왕자는 딸을 빼앗고 왕비를 본국으로 내친다. 왕비는 본국에서 군대를 일으켜 남편의 나라를 침공하여 딸과 왕위를 빼앗고 무능한 왕을 참수형에 처한다. 젊은 시종의 이름은 그대로 기록에서 사라져 다시 나타나지 않는다.

참수된 왕의 시신은 그 어머니의 목과 함께 묻혔다. 어머니와 달리 왕의 목은 아무 말도 하지 않았다.

할머니의 묘에는 할아버지의 위패를 함께 묻었다. 돌아가신 날짜를 알 수 없어서 위패에는 할머니의 기일을 써넣었다.

탈상제를 지내고 내려오면서 아무도 울지 않았다. 장례식 후 백일 만에 모인 친척들은 점심을 함께 먹고 헤어졌다.

할머니의 이야기는 그렇게 끝났다.

7. 여섯 번째 손가락

남편의 나라를 점령하여 왕비가 된 공주의 딸은 왼손에 손가락을 여섯 개 지닌 채 태어났다.

왼손 손가락이 여섯 개인 공주는 열세 살이 되던 해 초경을 시작하였다. 그와 함께 공주는 꿈을 꾸었다. 꿈은 매달 월경을 시작하는 날 반복해서 찾아왔다.

꿈속에는 숲이 있었다. 그리고 숲을 가로질러 걸어가는 사람의 몸이 있었다. 몸은 갑옷을 입었다. 그리고 목이 없었다.

목 없는 몸은 조용히 노래를 부르며 숲을 가로질러 하염없이 걸었다. 가사는 없이 가락만 흥얼거릴 뿐인 그 노래는 어딘지 모르게 그립고 정다운 구석이 있었다. 공주는 꿈속에서 차분히 그 노래에 귀를 기울였다.

꿈은 언제나 똑같이 끝났다. 갑자기 잘린 목에서 분수와도 같은 피가 솟구쳤고, 몸은 비틀거리며 몇 발자국 더 걷다가 개울가에 쓰러졌다. 개울물은 피로 새빨갛게 물들었다. 목 없는 몸은 그렇게 쓰러진 채로 움직이지 않았다. 그러나 공주는 잘린 목에서 피와 함께 조용히 흘러나오는 노랫소리를 들을 수 있었다.

공주는 눈물을 흘리며 잠에서 깨어나곤 했다. 그리고 다리 사이에서 비치는 피를 발견하고 꿈속의 목 없는 몸에서 흘러나오던 피를 떠올리며 공주는 왠지 모를 안도감을 느꼈다.

8. 칼

열여섯 번째 생일이 지나고 공주는 왼손의 여섯 번째 손가락을 잘라내기로 결심했다.

다른 손가락들처럼 여섯 번째 손가락은 세 개의 마디와 두 개의 관절과 둥근 분홍빛 손톱을 갖추어 가늘고 길고 튼튼하고 아름다웠다. 다른 손가락과 다른 점이 있다면, 마치 독립된 또 하나의 엄지손가락처럼 손바닥 안으로 완전히 접을 수 있다는 것이었다. 그래서 평소에 공주는 여섯 번째 손가락을 조심스럽게 접어 그 위에 장갑을 끼고 다녔다.

공주의 장갑 안에 무엇이 있는지 궁궐의 사람들은 모두 알고 있었다. 공주는 공주였으므로, 장갑을 벗고 다닌다 해도 아무도 감히 그에 관해 언급하지는 않을 것이었다. 그러나 공주는 장갑을 벗을 수 없었다. 여섯 번째 손가락이 다른 열 손가락과 다름없이 길고 튼튼하고 아름답고 자연스러웠기 때문에 더더욱, 공주는 장갑을 벗을 수 없었다.

그리하여 아무에게도 말하지 않고 공주는 어느 날 밤 침대에 앉아 단검을 꺼냈다. 여섯 번째 손가락 밑동에 단검을 가져다 댔다. 날카롭게 갈아둔 칼날이 부드럽고 연약한 살을 파고들었다. 고통은 크지 않았으나 살이 베어지는 섬뜩한 느낌이 오른손에 전해져 오자 공주는 흠칫 놀라 칼을 놓았다. 다시 마음을 가다듬고 단번에 찍어내려고 칼을 높이 쳐들었다. 그리고 목표물인 여섯 번째 손가락을 들여다보았다.

태어나서 16년이 지나도록 공주는 여섯 번째 손가락을 그토록 주의 깊게 관찰해본 적이 없었다. 언제나 장갑에 가려 해를 보지 못한 손가락의 살갗은 조금 창백할 정도로 희었지만 그래도 왼손의 다른 부분처럼 건강하고 부드러웠고, 관절과 마디는 유연하게 움직였으며, 손톱은 사랑스러운 옅은 분홍빛이었다.

얇은 피부 아래로 파르스름하게 지나가는 핏줄에 눈길이 미치자 공주는 의지를 잃었다. 공주는 치켜들었던 단검을 침대 아래로 던졌다. 베인 살갗에서 배어 나오는 핏방울을 보며 공주는 절망감에 휩싸여 울었다. 그리고 잠이 들었다.

그날 밤 공주는 언제나 월경 전날 꾸던 꿈을 다시 꾸었다. 그러나 이번에 꿈은 언제나 끝나던 순간에서 시작되었다. 개울물을 새빨갛게 물들이며 피를 쏟은 목 없는 몸은 피가 전부 흘러나간 후 비척비척 일어났다. 그리고 입고 있던 갑옷을 벗기 시작했다.

갑옷을 벗고 나체가 된 몸은 아직 젊은 여자의 몸이었

다. 피와 생명이 전부 빠져나간 창백한 피부가 숲의 나뭇잎 사이로 흘러들어오는 햇살에 비쳐 푸르스름하게 빛났다. 목 없는 여자의 나신은 조용히 가사 없는 노래를 흥얼거리며 햇빛이 비치는 방향으로 비틀비틀 천천히 걷기 시작했다. 그리고 나뭇잎에 가려졌다가 이윽고 사라졌다.

붉게 물든 개울물과 벗어놓은 갑옷 위로 나뭇잎을 뚫고 비쳐드는 햇살과 가사 없는 노랫가락만이 희미하게 공기 중에 떠돌았다.

9. 노래

잠에서 깨어난 후에도 공주는 햇빛 속에 푸르스름하게 빛나던 창백한 여자의 목 없는 나신을 머릿속에서 지울 수 없었다. 햇빛 비치는 방향으로 가볍게 비틀거리며 걸어가는 여자의 뒷모습은 희고 투명하고 자연스러웠으며 그래서 아름다웠다.

그 뒷모습과 가사 없이 흥얼거리던 노래를 곱씹으면서 공주는 몸이 마음을 가둔 감옥이 아니라 마음이야말로 몸을 가둬두는 함정임을 깨달았다. 머리를 잃고, 피를 잃고, 생명과 집착과 의지를 모두 잃고 단지 잘린 목에서 흘러나오는 노래를 흥얼거리며 햇빛을 향해 걸어가는 몸은 그 자체로 완전한 육체였으며 그 자체로 완전히, 자유로웠다.

침상에서 일어나 세안을 하고 머리를 빗고 아침의 몸단
장을 마치고 나서 공주는 장갑을 끼기 전에 왼손을 다시 들
여다보았다. 햇빛을 보지 못한 살갗은 여전히 희고, 관절과
마디는 부드럽고 건강했으며, 손톱은 사랑스러운 옅은 분
홍빛이었다. 얇은 피부 아래로 푸르스름한 핏줄이 지나갔
다. 공주는 조심스럽게 여섯 번째 손가락을 접고 그 위로
장갑을 끼었다.

그 날을 마지막으로 공주는 목 없는 몸의 꿈을 다시 꾸
지 않았다. 매일 밤 잠들기 전에 공주는 장갑을 벗고 소중
하게 감춰두었던 여섯 번째 손가락을 조심스럽게 폈다. 마
음과 의지와 판단을 잃으면 몸은 완전하게 자유로워질 수
있다는 사실을 여섯 번째 손가락은 공주에게 매일 밤 일깨
워주었다. 공주는 미소를 짓고, 햇살 비치는 나뭇잎 사이로
걸어가는 목 없는 여체를 한 번 더 만날 수 있기를 희망하
며, 가사 없는 노래를 흥얼거리며 잠이 들었다.

나는 공주의 얼굴을 들여다본다.

박물관의 조명은 공주의 얼굴을 아래쪽에서부터 부드럽
게 밝혀준다. 입을 한일자로 굳게 다물고 눈을 감은 그 하
얗게 말라버린 얼굴에는 아무런 표정도 없다.

입관식에서 할머니의 얼굴을 마지막으로 보았을 때 할머니는 잠든 듯이 평온한 표정이었다. 연락을 받고 병원으로 달려갔을 때, 이미 생명이 떠나간 할머니의 피 묻은 입술은 참혹한 시옷자로 굽어지고 얼굴에는 무시무시한 고통의 표정이 그대로 새겨져 있었다. 할머니의 굽어진 입술을 펴고 핏자국을 닦아내고 소리 없이 괴로운 비명을 평온히 잠든 얼굴로 바꿔준 장례지도사는 직업적 본분을 다했을 뿐이었겠지만 나는 무한한 고마움을 느꼈다.

그리고 한동안 나는 할머니의 피 묻고 굽어진 입술이 떠오를 때마다 혼자 울었다.

인간은 타인의 죽음을 공유할 수도 공감할 수도 없다. 육신의 얼굴은 타인의 손으로 근육을 주물러 표정을 바꿀 수 있지만 그 안의 존재가 무엇을 느끼는지는 확인할 수도 바꿀 수도 없다. 고통을 느낄 육신을 잃어버리고 할머니가 자유로워졌을지, 고통을 치유할 신체를 영원히 잃고 단지 그 고통만이 영속되는지, 종교나 무속에 의지하지 않고 경험적 사실로서 확인할 방법은 없다. 할머니의 피와 살로서, 나는 그 절대적 단절이 너무나 억울했다.

철학자들은 여기에 관하여 여러 가지 책을 썼다. 도서관의 서가에는 그런 책들이 끝없이 늘어서 있다. 나는 단지 밤에 잠을 이룰 수 없을 뿐이었다.

그런 단절의 밤에 나는 오래전 잊혀버린 언어로 기록된 누군가의 잃어버린 이야기들을 읽었다. 조각난 시간의 연대기를 한 단어씩 나의 언어로 바꾸었다.

죽음과 시간과 망각 앞에서도 어떤 이야기들은 살아남는다. 시간이 흐르면 죽어 잊힐 인간에게, 그것은 커다란 위로가 된다.

10. 동굴

공주가 열여덟 살이 되자 어머니인 여왕은 공주의 혼처를 구하기 시작했다.

나라 안의 사람들은 모두 여왕이 남편의 나라를 침략하여 왕위를 차지한 사실과 공주의 왼손에 손가락이 여섯 개 있다는 사실을 알고 있었다. 그러므로 나라 안에서 감히 공주의 남편이 되겠다고 자청하고 나서는 사람은 없었다.

여왕은 그리하여 외국으로 사신을 보냈다. 때로는 이국의 왕자가, 때로는 귀족이 공주를 만나러 찾아왔다. 때로는 공주가 사신을 따라 외국으로 나갔다.

혼약자가 될 상대방을 만나는 자리에 나가면 공주는 우선 장갑을 벗었다. 그리고 왼손으로 찻잔을 들고 차를 마셨다.

이국의 왕자와 귀족들은 차례차례 서둘러 자국으로 돌아갔다. 공주는 혼자 남았다.

그리고 공주는 혼자 웃었다.

스물두 살이 되던 해의 어느 날 공주는 말을 타고 궐 밖으로 나갔다. 긴 장마 끝에 오랜만에 비가 갠 날이었고, 하늘이 유난히 맑았다. 공주는 뒤따라오는 시종들을 물리치고 무작정 말을 달렸다.

돌아가는 길이 보이지 않을 정도로 멀리 나왔을 무렵 공주는 산골짜기에서 길을 잃었다. 말에게 길을 맡기고 공주는 아무런 목적도 없이 그저 나아갔다. 말은 골짜기를 흐르는 좁은 개울을 따라 천천히 느긋하게 걸었다.

하늘은 맑았고, 개울물은 졸졸 명랑한 소리를 내며 흘러갔고, 빗물에 씻긴 숲에 나무가 우거져 공기는 시원하고 신선했다. 공주는 즐거웠다.

말이 멈췄다. 말은 개울물을 조금 마시고 옆에 있는 나무의 잎을 씹기 시작했다. 공주는 말에서 내렸다. 배고픈 말이 양껏 먹도록 내버려두고 갈기를 쓰다듬어준 후 공주는 걷기 시작했다.

멀지 않은 곳에 작은 동굴이 있었다. 공주는 동굴로 들어갔다. 입구 가까운 곳은 춥지도 덥지도 않고 아늑했다. 공주는 자리를 잡고 앉은 후 가지고 온 주머니에서 간단한 음식을 꺼내 먹기 시작했다.

공주가 식사를 마칠 무렵 말도 식사를 마쳤다. 말은 동굴로 공주를 찾아왔다. 동굴 입구에 서서 말은 조용히 되새김질을 시작했다. 공주는 그런 말을 지켜보다가 깜빡 잠이 들었다.

자신이 잠든 줄도 몰랐던 공주는 조용한 노랫소리를 듣고 잠에서 깨어났다.

옆에 사람이 앉아 가사 없는 곡조를 흥얼거리고 있었다.

익숙한 곡조를 듣고 공주는 몸을 일으켰다.

— 너는 누구냐?

남자는 대답하지 않았다.

— 누구냐고 물었다.

남자는 공주를 쳐다보았다. 새파란 눈동자가 어둠 속에서 반짝, 빛났다. 남자와 눈이 마주치자 공주는 문득 양 볼이 달아오르는 것을 느꼈다.

남자가 공주를 향해 미소 지었다.

공주는 손을 뻗어 남자의 미소 짓는 입술을 만졌다. 남자가 공주의 손가락 끝에 입 맞추었다.

이후 공주는 궐내에 알리지 않고 가끔 말을 달려 어디론가 사라졌다. 스물세 살이 되던 해에 공주는 남녀 쌍둥이를 낳았다. 여왕이 자초지종을 물었을 때 공주는 대답하지 않고 웃었다.

쌍둥이가 일곱 살 되던 해에 공주는 사라졌다. 이전처럼 아무에게도 말하지 않고 쌍둥이를 말에 태운 채 어디론가 달려갔다. 해가 진 후에야 말이 쌍둥이만 태운 채 돌아왔다.

공주의 행방을 묻는 말에 쌍둥이는 대답하지 않았다. 여왕이 직접 물었다. 여아는 대답하지 않았다. 다만 여왕이 눈물을 흘리며 재차 물었을 때야 남아가 대답했다.

— 어마마마는 그 사람과 함께 가셨습니다.

'그 사람'이 누구냐는 질문에 남아는 대답하지 못했다.

11. 전쟁

쌍둥이가 열일곱 되던 해에 나라는 적국의 침략을 당했다. 적군은 물밀 듯이 쳐들어와 왕궁을 포위했다. 남아는 이미 노쇠해진 여왕을 업고 왕궁을 탈출했다. 여아는 검을 들고 얼마 남지 않은 호위병을 이끌고 죽음을 맞이하러 나아갔다.

적군은 닥치는 대로 죽이고 파괴했다. 검을 잃고 말에서 떨어져 피투성이가 된 여아는 마지막으로 하늘을 보기 위해 투구를 벗었다.

그때 여아는 자신과 똑같이 머리카락과 눈이 푸른 남자가 다가오는 것을 보았다.

— 함께 가자.

남자가 말했다.

— 혼자 죽게 둘 수 없어 데리러 왔다.

— 비켜라.

여아가 말했다.

— 나는 이 나라의 왕녀다. 왕궁을 버리고 도망칠 수는 없다.

남자가 웃었다. 그리고 뒤를 가리켰다.

여아는 뒤를 돌아보았다.

거무스름한 갈색 갑옷을 입고 투구를 쓰지 않은 무인이 칼을 휘둘러 적군을 베고 있었다. 무인이 잠시 몸을 돌렸을 때 여아는 오래전 사라졌던 어머니의 얼굴을 알아보았다.

— 너는 네 본분을 다했다.

푸른 눈과 푸른 머리카락의 남자가 손을 내밀었다.

— 데리러 왔다. 함께 가자.

여아는 남자가 내민 손을 잡았다.

여왕은 전쟁이 끝난 후 남아와 함께 수복된 궁성으로 돌아왔다. 왕궁 마당에서 여왕은 적들의 시체와 함께 오래전에 사라졌던 공주의 시체를 발견했다. 공주는 오래되고 녹이 슬어 거무칙칙해진 갑옷을 입고, 역시 오래되어 거무칙칙해진 검을 손에 꽉 쥐고, 투구를 쓰지 않은 채 눈을 부릅 뜨고 하늘을 보며 죽어 있었다.

여왕은 공주의 눈을 감기며 울었다.

남아가 시체 더미 속에서 여아의 갑옷을 찾아냈다. 그러나 갑옷과 투구, 그리고 검만 발견했을 뿐, 여아의 시신은 끝내 찾지 못했다.

'혼—자—죽—게—둘—수—없—어—데—리—러—왔—다.'

나는 한 글자씩 천천히 조심스럽게 옮겼다.

"얘 어떡하니, 할머니 벌써 운명하셨단다."라는 이모의 목소리가 떠올라서,

죄책감이 가슴을 찢었다.

12. 푸른 머리카락

국립 박물관에는 원(園: 왕세자나 세자비의 무덤)에서 옮겨온 공주의 시신이 보관되어 있다. 피에 젖어 거무칙칙해진 갑옷을 입고 투구를 쓰지 않은 채 왼손의 여섯 손가락으로 검을 꽉 움켜쥔 모습 그대로이다.

검의 손잡이에는 작은 향낭(香囊)이 달려 있다. 안에서

는 재료를 알 수 없는 진귀한 향과 함께 투명한 푸른색의 털처럼 보이는 섬유가 발견되었다고 한다. 이 섬유는 분석 결과 사람의 머리카락으로 밝혀졌다. 자연 상태의 머리카락이 어떻게 해서 투명한 푸른색을 띠게 되었는지는 밝혀지지 않았다.

13. 역사의 끝

열일곱에 난을 겪고 쌍둥이 누이를 잃은 태자는 스물두 살에 왕위에 올랐다. 그리고 스물세 살 되던 해에 자신의 어머니가 그러했듯이 산골짜기로 말을 달려 사라져서 돌아오지 않았다.

"이미 퇴위한 선왕은 비탄에 잠겨 원인 모를 병으로 시름시름 앓다가 붕어(崩御)하였다. 나라는 내란과 외세의 침략으로 인해 안팎으로 혼란을 겪다가 사분오열(四分伍裂)되어 멸망하니 그 흔적조차 찾을 수 없게 되었다. 사가(史家)는 말한다. 아아! 공주와 태자의 뜻이 드높았으나 동쪽 산골짜기에 푸른 마물이 있어 미혹을 떨치지 못하니, 선대의 희생이 헛되고 또 헛되었음을 일러 무삼하리오."

─《연대기》III권의 끝

236

헛된 일이란 세상에 존재하지 않는다. 단지 인간의 의도대로 이루어지지 않았을 뿐이다. 《연대기》가 살아남아 후대에 전해졌다는 사실이 그 증거이다.

문학은 역사보다 우월하다고, 오래전 서양의 누군가가 말했다. 이 말은 사실이 아니다.

역사와 문학의 경계는 시간 속에서 지워진다. 그러므로 모든 이야기는 평등하다. 이미 일어난 사건도, 일어날 가능성이 있었던 사건도, 직접 겪지 않은 후대의 인간에게는 모두 이야기일 뿐이다. 그중 어떤 이야기들은 살아남아 핏줄과 함께 전해진다.

내게는 이야기를 전해줄 핏줄이 없다. 그래서 나는 이야기를 써야만 했다. 《연대기》가 핏줄의 도움을 빌지 않고 살아남았듯이, 나의 이야기도, 내 할머니의 이야기도 살아남기를 희망하면서.

그러나 이야기가 살아남지 못하더라도, 우리가 모두 그러하듯이 시간 속으로 사라질 것이다. 그러므로 이 모든 것은 공정하다. 헛되고 헛되지 않고는 결국, 이야기를 쓰는 사람이 아닌 전해 받는 사람이 결정할 몫이기 때문이다.

어두운
입맞춤

하늘 아래 새로운 이야기는 없다. 나의 이야기도 새롭지 않다. 폭력적인 주인, 그 주인을 이유 없이 충실히 섬기는 하인, 그리고 그 하인이 처음으로 사랑을 느낀 여자가 주인의 아내—라는 이야기는 이미 한 세기 전에 어느 작가가 쓴 단편이다.

나의 이야기도 비슷하다. 다만 모든 이야기가 그렇듯이, 세부 사항이 조금씩 다를 뿐이다. 그리고 그 때문에, 새롭지는 않지만, 조금 다른 이야기가 되었을 것이다.

피해자는 남성, 이름은 김인혁, 나이 32세, 가정부의 신고를 받고 경찰이 도착했을 당시 자택 거실에 반듯하게 누운 자세로 발견되었다. 시신 옆에는 피해자의 아내가 서 있었다. 경찰이 들이닥치자 피해자의 아내는 조용히 무표정하게 "내가 죽였어요."라고 말하고 입을 다물었다.

처음에 경찰은 아내의 말을 믿었다. 피해자는 재벌까지는 아니지만 강남에서도 꽤 산다는 집안의 아들로, 무분별하고 폭력적인 성격 때문에 이미 십 대 시절부터 경찰과 몇 번 반갑지 않은 접촉을 했던 전력이 있었다. 매번 문제가 생길 때마다 집에서 돈을 발라 해결하기는 했으나 그 때문에 당사자는 더욱더 방종해져서, 바로 최근까지도 집안의 고용인들에게 심심하면 주먹질을 해서 경찰에 신고가 들어왔다가 터무니없는 합의금을 주고 해결한 사실이 몇 번 있었다. 그래서 피해자의 이름과 주소를 듣자마자 경찰은 피해자가 피해자가 아니라 가해자일 것이라고 예상했다. 아내가 살인을 자백했을 때 경찰은 가정 폭력이 원인일 것이라 추측했으며, 그래서 모두 취조실에 무표정하게 앉아 아무 말도 하지 않는 호리호리하고 연약해 보이는 젊은 여성을 은근히 동정했다.

상황이 복잡해진 것은 여자의 이름과 주민등록번호를 조회했을 때였다. 그 이름과 주민등록번호에는 관련된 기록이 전혀 없었다.

이름은 진짜였다. 주민등록번호도 진짜였다. 여자가 제시한 주민등록증이 진짜였으므로 그렇게 상정할 수밖에 없

었다. 그러나 그 이름과 주민등록번호가 등재된 주민등록
도, 출생신고 사실도, 혼인신고 사실도, 은행계좌도, 가족
관계 등록도, 주민등록증이 발급되었다는 기록도, 대체 법
적인 기록이라고는 아무것도 없었다. 그저 이름과 주민등
록번호가 있을 뿐이었다.

"그럼 도대체 뭐야, 저 여잔? 달랑 민증만 들고 하늘에
서 뚝 떨어지기라도 했다는 거야?"
"피해자 기록에는 결혼했다고 나오는데요…."
"뭐가 결혼해? 저 여잔 이름이랑 민번 빼고 기록이 하나
도 없잖아?"
"여기 피해자 주민등록 보세요…. 배우자 이름이랑 주민
번호 일치하는데요…."
"뭐야, 그럼? 피해자는 저 여자랑 결혼했지만, 저 여자
는 피해자랑 결혼 안 했다는 거야?"

부검 결과가 나왔을 때 이미 복잡한 상황은 조금 더 복
잡해졌다.
"검시관 말이, 사인이 일단은 경추 골절이라는데요…."
"목이 부러져서 죽었다고?"
"예, 그런데 그게…."
"그럼 저 여자가 다 큰 어른 남자 목을 부러뜨려서 죽였

단 말이야?"

"그것 자체로는 뭐 아주 불가능한 일은 아닌데요, 그게 그러니까…."

"그러니까 뭐?"

"검시관 말이, 그러니까… 시신에 혈액이 거의 안 남아 있었답니다…. 남은 혈액은 떡처럼 응고돼 있고…."

"뭐야, 그럼? 살해당하고 한참 있다가 발견된 건가?"

"하지만 발견 당시엔 시신이 아직 따뜻했는데요…. 사후 강직도 아직 안 일어났고…."

"그럼 도대체 뭐가 어떻게 됐다는 거야?"

"저, 그게 다가 아니고요, 그것 말고도…."

"그것 말고도 뭐?"

"두개골이, 정수리 부분이 함몰돼 있다는데요…."

"함몰? 그 정도면 부상이 굉장히 심했단 얘긴데, 발견 당시에 왜 못 봤나?"

"발견됐을 땐 시신에 외상이 전혀 없었습니다…. 검시관 도 부검하려고 열어보고 나서 알았다고…."

"허어, 나 참. 그리고 또 뭐?"

"검시관 말이, 그 함몰된 부위가, 그러니까…."

"뭐야? 뜸 들이지 말고 빨리 말해!"

"그러니까, 그게, 손자국이라는데요…."

"그건 또 무슨 소리야? 손자국? 뼈에?"

"검시관이, 자기도 이런 건 처음 본다고…. 진흙에 찍은 것처럼, 뼈에 손자국이 뚜렷하게 나 있다는데요…."

"갈수록 태산이네. 그래서, 결론이 뭐야?"

"그러니까 검시관 말이, 가해자가 피해자 정수리에 이렇게 오른손을 얹고, 병뚜껑 따듯이 이렇게 확, 돌려서 한 번에 목을 꺾은 것 같다는데요…."

"그게 무슨 소리야? 가해자가 특수부대 출신이라도 된다는 거야?"

"검시관 말이, 그러려면 가해자가 피해자보다 키가 훨씬 더 크고, 힘도 굉장히 세야 한다고…."

"피해자 키 몇이야?"

"180센티미터 정도인데요…."

"저 여자는?"

"잘해야 160 정도…."

"그럼 뭐야, 저 여자가 공중에 떠서 특공무술로 피해자 목을 비틀었다는 건가?"

"하지만 손자국이 일치해서, 지금으로서는 그것밖에 가능성이…."

"장난하나? 그게 어떻게 가능성이야? 헛소리하지 말고 나가! 나가서 주변 사람 몽땅 탐문해서 제대로 된 용의자 잡아와!"

그렇게 해서 수사망에 떠오른 인물이 운전사였다.

피해자의 집에서 사는 사람으로는 피해자와 피해자의 아내 외에도 상주 고용인 네 명이 있었다. 나머지 고용인 한 명의 행방을 가정부, 요리사, 정원사에게 묻자 모두 하나같이 기묘한 표정을 지으며 입을 한일자로 꾹 다물었다. 담당 수사관이 포기하지 않고 계속 수첩을 들고 따라다니자 마침내 경찰에 신고했던 가정부가 입을 열었다.

"내가 원, 이 집에 뼈를 묻을 것도 아니고, 기왕지사 이렇게 된 거 다 얘기해버리면 속이나 시원하지…. 원 참, 보다 보다 이렇게 썩어빠진 집구석은 또 처음 보겠네. 내가 어디 가서 시장 좌판을 하든지 식당 일을 하든지 해도 이보다는 맘 편하게 살겠다, 에잇 퉤. 그놈의 돈이 웬수지, 그저 돈 있는 것들은 다…."

형사는 가정부의 넋두리가 끝날 때까지 끈기 있게 기다렸다. 마침내 가정부가 한숨을 쉬며 털어놓았다.

"나머지 한 사람은 운전사예요."

"지금 어디 있습니까?"

"몰라요, 그 사달 나던 날 어디로 도망쳤어요."

"그 날 집에서 무슨 일이 있었습니까?"

"부부 싸움이죠, 뭐. 그 양반들이야 사흘이 멀다 하고 싸움질이었으니…."

"왜 싸웠는지 혹시 아십니까?"

"우리 사장님 그 양반이 꼭 이유가 있어야 싸우나요, 그

성질머리에…."

가정부는 다시 한숨을 쉬었다. 그리고 말을 이었다.

"하긴 마누라가 바람이 나면 나라도 제정신 아니겠지만, 또 남편이라는 작자가 그 모양이면 마누라가 바람이 안 날 수도 없고…. 에휴, 꼬였다 꼬였다 해도 또 이렇게까지 꼬인 집안이란 내 원 살다 살다…."

형사는 귀를 곤두세웠다.

"바람이 나요? 누가요?"

"누구긴 누구겠어요, 사모님이지."

"사모님이 누구하고 바람이 났는데요?"

"누구긴 누구예요, 그 운전사지."

"그래서 사장님이 그 사실을 알고 부부 싸움이 났단 말이죠? 그럼 부부 싸움을 할 당시에 운전사는 어디 있었습니까? 혹시 아십니까?"

가정부는 불안한 표정을 지으며 망설였다.

형사가 기다리다가 다시 물었다.

"사건 당시에 운전사가 집 안에 있었습니까?"

"집 안에… 있었어요."

가정부가 한참을 망설이다 대답했다. 형사가 다시 물었다.

"혹시 사장님과 사모님이 부부싸움을 하는 자리에 그 운전사도 같이 있었습니까?"

"같이… 있었을 거예요."

가정부는 몹시 불편한 표정으로 간신히 대답했다.

가정부의 표정 때문에 형사는 더욱 집요하게 계속 물었다.

"운전사가 혹시 사장님하고 싸웠습니까? 그 장면 목격하셨어요?"

"아녜요, 난 아무것도 못 봤어요!"

가정부가 펄쩍 뛰었다.

"그럼 왜 그러십니까?"

가정부는 주위를 둘러본 후 얼굴을 찡그렸다.

형사가 정색했다.

"지금 살인 사건 수사 중입니다. 목격하신 대로 정직하게 말씀해주시지 않으면 최소 공무집행 방해, 경우에 따라서는 살인 사건 공범으로 체포되실 수도 있습니다."

형사는 일부러 '살인 사건'이라는 두 단어를 또렷하게 되풀이해 발음했다. 가정부는 말을 더듬기 시작했다.

"고, 공범은 무, 무슨 공범이에요, 나, 나, 난 아, 아무것도 몰라요. 그, 그, 그냥, 그게⋯."

"정직하게 말씀하시죠. 뭘 목격하신 겁니까?"

"내가 뭘 모, 모, 목격한 게 아니고⋯."

가정부는 고개를 흔들었다.

"나, 난 아, 아, 아무것도 몰라요. 그 우, 운전사 찾아내서, 지, 직접 물어보세요."

형사가 좀 더 추궁했으나 가정부는 더 이상 아무 말도 하지 않았다.

지난 세기의 어떤 작가가 쓴 그 단편에 의하면 하인은
벙어리였다. '땅딸보에 얼굴이 몹시 얽고 입이 크다'라는 그
다지 호의적이지 못한 묘사에 의하면 벙어리일 뿐만 아니
라 상당히 불운한 외모를 타고났던 모양이다. 그러나 일을
잘하여 주인집의 신뢰를 받았고, 맹목적으로 충직하여 '그
집에서 떠나가려거나 또는 생활 환경에서 벗어나려는 생각
을 한 번도 해보지 못하였다.'

운전사인 온(瑥)은 그렇게까지 맹목적으로 충직하지는
않았다. 그 집에서 떠나가려는, 혹은 자신의 생활환경에서
벗어나려는 생각도 자주 했다. 그러나 생각만 할 뿐 실천에
옮기지는 못했다.

게다가 온은 벙어리가 아니었다. 따져보면 못생긴 편도
아니었다. 그러나 목쉰 소리 이상으로 또렷한 음성을 내어
정상적으로 말을 할 수 없었다. 몸에 난 흉터의 일부는 옷
으로 가릴 수 있었으나, 보기에 아름답다고는 할 수 없었다.

세상은 돈 없는 자에게 관대하지 못하다. 이 사실을 온
은 아직 어린 나이에 전깃줄로 목을 졸리면서 배웠다. 온의
아버지가 거액의 빚을 남기고 자살한 후, 아버지의 친구였
던 남자의 아버지가 목이 졸려 죽어가던 온을 구해주었다.
온이 남자의 집에서 운전사로, 비서로, 잡역부로 일하게 된

계기는 그러하였다. 그 집을 떠나가려는, 혹은 자신의 생활 환경에서 벗어나려는 생각이 들 때면, 여전히 남아 있는 빚과, 재혼한 어머니와, 이제 막 독립적인 인생을 시작한 두 동생과, 그리고 으스러진 목울대 위에 새겨진 흉터가 온의 발목을 잡았다. 온은 목숨을 구해준 은인에게 충직한 것이 아니라 단지 자신이 갇힌 울타리 밖으로 벗어나기가, 또다시 전깃줄에, 이번에는 온 가족이 함께 목을 졸릴 가능성이 있는 바깥세상으로 나가기가 두려운 것이었다. 온 자신도 그 사실을 알고 있었고, 자신이 겁쟁이임을 인정했다.

그러다가 온은 달빛에 비친 여자를 보았다.

여자가 남자와 결혼한 것은 3년 전이었다. 둘 사이에 아이는, 최소한 서류상으로는, 없었다. 남자의 기록에는 거기까지만 나와 있었다.

여자가 누구인지는 남자의 부모조차 정확히 알지 못했다. 남자의 어머니는 결혼 전에 이미 병으로 죽고 없었고, 남자의 아버지는 재혼한 후 남자와는 거의 연락을 끊고 지냈다. 남자가 살해되었다는 연락을 받았을 때도, 남자의 시신을 확인한 후에도, 남자의 아버지는 그저 얼굴을 찡그리며 혀를 끌끌 찰 뿐이었다. 취조실에 앉아 있는 여자를 창문 밖에서 보고, 여자가 고개를 돌려 눈이 마주치자, 남자의 아버지는 한동안 홀린 듯이 여자를 쳐다보다 퍼뜩 고개를 돌렸다. 그리고 도망치듯 황급히 나가 버렸다.

남자의 아버지가 나간 후 여자가 혼자서 웃은 것은 아무도 보지 못했다.

*

남자는 밤길에서 마주친 나의 불운한 먹잇감이었다. 남자에게 관심이 생긴 것은 순전히 남자가 피를 빨리고도 죽지 않았기 때문이었다.

피를 빨리고도 그 자리에서 죽거나 나와 동류가 되지 않는 인간에게는 여러 가지로 흥미로운 일이 많이 일어난다. 물론 인간 당사자에게는 그다지 흥미롭지 않겠지만, 누군가 내 심장에 말뚝을 박아 햇볕에 널어놓는 그 날까지 무미건조한 영생을 살아가야 하는 나로서는 인간의 광기란 대단히 재미있는 구경거리일뿐더러 정서적인 간식거리기도 하다. 그래서 나는 남자를 따라가 그의 아내가 되었다.

남자는 나를 만나기 전부터도 광기와 폭력으로 충만한 인간이었다. 나를 만난 후, 대부분의 인간이 그렇듯이 그의 광기는 증폭되었다.

나는 가능한 한 그가 폭력을 휘두르는 현장에 있기 위해 노력하였다. 남자는 내가 가까이 다가가면 더욱 폭력적이 되었다. 상승 작용과 순환 작용은 완벽했다.

어두운 입맞춤   251

주변의 인간들은 끔찍한 남편과 지옥 같은 환경에 갇힌 나를 동정했다. 나는 남자가 미쳐 날뛸 때마다 대기 중에 풍요롭게 퍼지는 피 냄새와 그가 온몸으로 발산하는 흥분, 증오, 파괴, 고통의 향기를 만끽했다. 나와 같은 존재에게 남자와 같은 인간은 글쎄, 말하자면 최고의 남편이었다.

그리고 나는 온이 나를 주목하고 있음을 눈치채었다. 남자가 주변을 파괴할 때마다 온은 안타까운 눈길로 나를 지켜보았다. 내가 얼마나 즐기고 있는지 온이 알 리 없었다.

평균 3년, 길어야 5년. 나에게 물린 인간의 남은 수명이다. 남자는 점점 더 자주 제정신을 잃고 미쳐 날뛰었다. 수명이 다 돼가고 있다는 증거였다. 멀지 않아 새로운 먹잇감이 필요해질 것이다. 그래서 나는 온이 나를 지켜보도록 내버려두었다.

"관계요? …아무 관계도 없었습니다."

경찰에 자진 출두한 온은 피해자의 아내와 어떤 관계인가, 라는 수사관의 질문에 처음에 이렇게 대답했다. 형사가 계속 추궁하자 그는 말했다.

"제가 혼자 좋아했습니다. 그것 말고는 정말 아무 관계도 없었습니다."

"거짓말 마쇼. 아무 관계도 없으면서 남이 부부 싸움하는 현장에는 왜 있었어요? 증거도 있고 목격자도 있는데 자꾸 시치미 뗄 거예요?"

"목격자? 무슨 목격자요?"

온이 갑자기 긴장하는 것을 보고 형사는 더 강하게 추궁했다.

"사건 당일 김인혁 씨가 자기 아내랑 당신이 같이 있는 걸 발견해서 싸움이 난 거 아냐! 당신은 싸우다 홧김에 김인혁 씨를 죽인 거고!"

온은 형사의 얼굴을 한동안 쳐다보았다. 그리고 말했다.

"…싸운 적 없습니다."

"무슨 소리야, 목격자 말이…."

"제가 일방적으로 얻어맞았습니다."

온이 형사의 말을 가로막았다.

"사장님이 화풀이로 주변 사람을 아무나 때리는 일이 자주 있었습니다. 그 날도 운이 나빠서 사장님 눈에 보이는 곳에 있다가 그렇게 얻어맞았고…. 그래서 더 이상 참을 수가 없어서… 화가 나서 죽였습니다."

용의자다운 용의자의 자백다운 자백에 담당 수사관은 드디어 화색을 띠었다. 그러나 어떻게 죽였느냐는 형사의 질문에 온이 탁상시계로 후두부를 가격했다고 대답했기 때문에 수사는 원점으로 돌아갔다.

남자에게 일방적으로 얻어맞았다는 온의 말은 사실이었

다. 온이 보름달이 뜬 밤에 정원에 서 있는 나를 본 후로, 그리고 나를 보는 온의 시선을 남자가 본 후로, 남자의 폭력은 세 번 중 두 번꼴로 온을 향했다.

대상이 누가 됐든, 나에게 피 냄새는 모두 똑같은 피 냄새였다. 그래서 나는 온에 대한 남자의 폭력을 저지하지도 장려하지도 않았다. 단지 관전할 뿐이었다.

"도대체 왜 그렇게 맞고 살았어요?"

병원 기록과 피해자의 고용인들 증언을 확인한 후 담당 수사관이 온에게 물었다.

"사지 멀쩡한 젊은 남자가 그래 고용주가 때린다고 그냥 맞아요? 폭행죄로 고소하고 그따위 직장은 그만둬버리지, 그걸 왜 참고 버티다가 이런 꼴을 당해요?"

온은 한동안 대답하지 않았다. 그리고 속삭였다.

"그녀… 때문에요."

"즐기고 있습니까?"

남자가 온을 때릴 만큼 때리고 집에서 나가버린 후, 피투성이가 되어 거실에 쓰러져 있는 온을 지켜보는 내게 그가 속삭였다. 온이 내게 직접 말을 한 것은 그때가 처음이었다.

나는 온의 얼굴을 들여다보았다. 온의 표정에 분노나 원한, 심지어 냉소조차 전혀 없었기 때문에 나는 한편으로 조금 실망했지만 다른 한편으로는 흥미가 동했다.

온이 나를 보고 다시 물었다.

"이런 상황이 즐겁습니까?"

나는 대답할 필요를 느끼지 않았다. 그대로 서서 피 냄새를 맡고 있었다.

온이 천천히 힘겹게 몸을 일으켰다. 내게 한 발자국 다가왔다.

피 냄새가 진해졌다. 이대로 물어버릴까, 나는 잠시 고민했다.

온이 속삭였다.

"한 가지만 대답해주시겠습니까?"

나는 눈을 감았다. 얼굴 바로 앞의 공기를 온통 뒤덮은, 맥박 치는 인간의 피 냄새.

황홀하다.

"어떻게 달빛이 몸을 그대로 통과하는 겁니까?"

나는 눈을 떴다. 온은 안락의자 팔걸이를 붙잡고 간신히 몸을 지탱하며 내 얼굴을 들여다보고 있었다.

그 질문과 피 냄새 때문에 나는 온을 죽여야겠다고 결정했다. 순간 온이 다시 쓰러지지 않았다면 아마 그대로 그 목에 이를 박았을 것이다.

그가 바닥에 쓰러져 의식을 잃었기 때문에 오랜만의 풍

요로운 식사 계획은 중단되었다. 의식을 잃은 인간은 맛도 재미도 없다.

나는 잠시 망설이다가 구급차를 불렀다.

구급 요원들이 당연하다는 듯이 나를 '보호자'로 취급했기 때문에 나는 엉겁결에 구급차에 올라탔다. 의식을 잃었어도 온의 피 냄새는 여전히 진하고 황홀했고, 조금 전까지 그의 목에 이를 박고 피를 빨려던 내가 인간의 '보호자'로 취급받게 된 상황이 나는 몹시 재미있었다.

그 밤은 잊지 못할 즐거운 밤이었다. 응급실은 피 냄새로 가득했다. 병든 육체의 역겨운 냄새와 약 냄새도 함께 가득 퍼져 있지 않았다면 나는 당장 온과 남자를 모두 물어 죽이고 남자의 집을 떠나 응급실 간호사가 되었을 것이다. 눈을 돌리는 곳마다, 매 순간순간이 인간의 고통, 불안, 갈등, 피와 폭력의 향연이었다. 이토록 매혹적인 장소를 왜 아직껏 몰랐던가, 하고 나는 온이 응급처치를 받고 수액을 꽂고 안정을 취하는 동안 주위를 둘러보며 감탄했다.

자정이 한참 지나 온이 의식을 되찾았다. 내 얼굴을 보고 그가 물었다.

"…여기가 어딥니까?"

대답 대신 나는 웃었다. 이곳은 놀이공원이다.

입원을 권하는 간호사를 뿌리치고 온은 굳이 응급실을

나왔다. 동이 트기 전에 나는 그와 함께 택시를 타고 집에 돌아왔다.

택시에서 내리면서 그가 속삭였다.

"고맙습니다."

＊

"그 여자가 그렇게 좋았어요? 대신 얻어맞고 험한 꼴 당하면서도 참을 정도로?"

담당 수사관이 한숨을 쉬었다. 온은 고개를 저었다.

"…달랐어요."

"예?"

그는 쉰 목소리로 다시 말했다.

"제가 여태까지 본 사람들하고는 전혀 달랐습니다."

"뭐가 달라요?"

온은 한동안 생각했다. 그리고 대답했다.

"보통 사람이라면 무서워할 상황을… 즐기는 것 같았어요. 남편이 수시로 때리고, 그렇게 미쳐 날뛰는데도…. 그걸, 즐기는 것 같았습니다."

"무슨 소리예요, 그게?"

형사가 답답하다는 듯이 취조실 책상을 탁 쳤다.

"그 여자가 즐기는 걸 보고 싶어서 얻어맞았다, 지금 그 말이에요?"

"그런 건 아니지만….

그는 다시 생각했다. 그리고 고개를 저었다.

"이 세상 사람이… 아닌 것 같았어요. 그걸, 확인하고 싶었습니다."

수사관이 다시 책상을 탁 쳤다.

"아 정말, 말이 되는 소리를 해요!"

그는 대답하지 않았다. 수사관은 투덜거렸다.

"젠장, 마누라나 남편이나 정부나 하나같이 미친놈들이니 이거야 원….

이 말에 온은 조금 웃었다.

＊

온과 함께 응급실에 다녀온 다음 날 오후에야 남자는 집에 들어왔다. 내가 온과 함께 응급실에 다녀왔다는 소식이 가정부를 통해 남자의 귀에 들어갈 것을 나는 예상했다. 그 뒤에 무슨 일이 일어날지 상당히 기대하고 있었다.

예측대로 남자는 온의 방으로 돌진했다. 아직도 여기저기 붕대를 감은 온의 모습을 보고 남자는 조금 기세가 수그러들었다. 그리고 뒤따라간 내게 덤벼들었다. 남자를 저지하기 위해 온이 남자에게 덤벼들었다.

기대했던 것보다 훨씬 큰 소동이 벌어졌다. 남자가 온을 죽이는 것은 바라던 바가 아니었으므로 나는 적당한 선에서 막았다. 남자가 숨을 헐떡거리며 온과 나를 질투에 찬 눈으로 노려보다 휘청거리며 밖으로 나가버린 후, 나는 일어서서 얼굴에 묻은 남자와 온의 피를 손가락으로 훑어 입에 넣고 빨았다. 다른 한 손으로 흐트러진 머리카락을 정리했다. 남자와 노는 동안 다른 건 몰라도 머리카락만큼은 좀처럼 깔끔하게 유지할 수가 없었다. 그것이 단 한 가지 귀찮은 일이었다.

머리를 매만진 후 나는 종이뭉치처럼 구겨져 바닥에 내던져진 온을 내려다보았다.

벌써 죽어버리면 재미가 없다. 요 며칠간 온과 남자는 내가 전혀 예상치 못했던 오락거리를 제공해주었다.

나는 온을 올려 침대에 눕혔다. 그리고 그의 얼굴에 묻은 피를 핥았다. 달콤했다. 당장 목을 물고 싶었지만 참았다.

온이 눈을 뜨고 나를 보았다.

"어떻게 하는 겁니까?"

온이 속삭였다.

"도대체 어떻게… 다치지 않고, 겁내지 않고… 즐기는 겁니까?"

나는 대답하지 않고 그의 방을 나왔다.

남자가 집에 돌아오지 않는 밤이면 나는 사냥을 나갔다. 즐겁게 식사를 마치고 집으로 돌아와서, 간혹 달빛이 맑은 밤이면 방으로 돌아가지 않고 정원에 서서 달을 즐겼다.

그런 밤이면 온도 잠들지 않고 내가 돌아오기를 기다렸다. 정원에 서서 말없이 나를 맞이하였다.

함께 달을 즐길 사람이 있다는 것은 아주 오랜만의 일이었다. 기억할 수 없는 긴 세월 동안, 달이 뜨거나 혹은 뜨지 않은 밤하늘 아래 나는 언제나 혼자였다. 그래서 나는 온이 나와 함께 달을 바라보도록 내버려두었다.

그런 밤에 온은 지난 세기의 작가가 쓴 단편을 이야기했다. 아직 부모의 보호 아래 학교에 다니며 그런 이야기들을 읽던, 안온했지만 짧았던 지난 시절의 일들을 속삭였다. 정상적인 목소리를 낼 수 없었기 때문에, 쉰 목소리나마 남이 들을 수 있을 정도로 목을 쓰는 것이 신체적으로 고통스러웠기 때문에, 평소에 온은 말을 거의 하지 않았다. 달빛 아래, 정원에 단둘이 서서, 그는 보통 사람에게는 들리지 않을 정도로 낮은 목소리로, 천천히, 평온하게, 편안하게 이야기했다.

지난 세기의 작가가 쓴 이야기의 벙어리 하인은 어떻게 되었느냐는 나의 질문에 그는 대답했다.

"주인집에 불을 지르고, 주인아씨를 품에 안고 죽습니다."

나는 온에게 물었다.

"집에 불을 지르고 싶어요?"

그는 웃으며 고개를 저었다. 그리고 대답했다.

"두려워하지 않고… 겁내지 않고 살고 싶습니다. 그게 전부입니다."

"그래서 나한테 매혹됐어요? 겁내지 않기 때문에?"

온은 대답하지 않았다.

그래서 나는 그런 어느 밤에, 벙어리 하인의 이야기에 대한 답례로 같은 작가의 다른 이야기를 들려주었다. 소작인의 딸이 지주의 아들을 사모하다 상사병으로 죽은 후, 매년 자신의 기일에 귀신이 되어 지주의 아들을 찾아와 문밖에서 부르는 이야기였다.

"그래서 지주의 아들은 어떻게 됩니까?"

"세 번 부르기 전에 대답하면 귀신한테 끌려가서 죽게 되는데, 그 어머니가 때맞춰 막아줘서 살아나요."

온은 잠시 생각했다. 그리고 물었다.

"…절 끌고 가서 죽이고 싶습니까?"

나는 그를 쳐다보았다.

"그런 생각을 안 해본 건 아니지만."

온은 시선을 피했다.

"사람이 아닌 것은 함부로 가까이하지 말라는 얘기예요. 안 좋은 일을 당하는 수가 있으니까."

온은 말없이 한동안 발밑의 잔디를 내려다보았다. 그리

고 속삭였다.

"전 빚에 팔려와 이 집에 갇힌 거나 다름이 없습니다. 가족을 만날 수도, 제가 원하는 인생을 살 수도, 마음대로 이집을 나갈 수도 없습니다. 더 이상 어떻게 안 좋아질 수가 있습니까?"

나는 대답하지 않았다. 더 안 좋아질 길은 여러 가지가 있었지만, 구체적인 예를 들어 설명하기에는 달빛이 너무 아름다웠다.

그가 잠시 망설이다가 나를 보고 물었다.

"저를… 사람이 아닌 것으로 만들어주실 수 있습니까?"

나는 그를 마주 쳐다보았다. 그리고 웃었다.

"할 수 있지만, 안 할래요."

온은 더 이상 부탁하지 않았다.

＊

"그래서, 사건 당일에는 무슨 일이 있었던 겁니까?"

담당 수사관이 짜증에 찬 목소리로 물었다.

"본인 말대로 근 2년이나 참고 살았다가 그 날 갑자기 폭발했으면, 무슨 계기가 있었을 거 아녜요? 시간순으로 말해봐요."

"이미 말씀드린 대로입니다."

온이 속삭였다.

"계기 같은 건… 없었습니다. 그냥…. 더 이상… 참을 수 가 없어서…."

"도대체 뭐라는 거야?"

형사는 노트북 뚜껑을 탁, 소리 내 덮고 신경질적으로 취조실을 나갔다.

온은 눈을 감고 고개를 숙였다. 악문 이 사이로 한숨을 내쉬었다.

＊

남자는 온과 나를 서재로 불렀다. 드물게 술에 취하지 않은 상태였다.

남자가 나를 향해 움직이는 것을 보고 온이 긴장했다. 그러나 남자의 동작이 평소보다 성급했기 때문에 나는 손 짓으로 온을 막았다. 남자의 의도가 나는 궁금했다.

남자는 나를 돌려세워 책상 위로 밀었다. 나는 남자가 떠미는 대로 책상 위로 엎어졌다. 남자는 저 새끼한테 네가 누구 마누라인지 보여주마, 라고 중얼거리며 한 손으로 내 가 입은 치마를 걷어 올렸다. 다른 손으로는 자기 바지 앞 섶을 헤치기 시작했다.

나는 돌아서서 남자를 가볍게 밀어냈다. 남자는 간단하

게 밀려났다. 나는 치마를 내리고 옷매무새를 가다듬었다.

남자가 욕설을 퍼부으며 다시 달려들었다. 나는 옆으로 살짝 피했다. 남자는 풀어헤친 자기 바지에 걸려 그대로 책상 위로 엎어졌다.

몸을 일으킨 남자는 입술이 찢어져 피를 흘리고 있었다. 중심을 잡은 후 남자는 다시 덤벼들었다. 내가 밀어내자 남자는 잠시 휘청거리다 또 달려들었다.

한동안 이렇게 나와 춤을 추다가 남자는 포기했다. 방향을 돌려 이번에는 온에게 덤벼들었다.

남자가 온을 바닥에 깔아 눕히고 올라타서 주먹질하는 동안 나는 남자가 책상 위에 흘린 피를 손가락으로 찍어 맛을 보았다. 남자의 피에서는 아무 맛도 나지 않았다.

이것은 이제 곧 남자의 생명이 다한다는 뜻이다. 지금의 이 발작적인 흥분 상태는 단말마의 비명이나 다름없다. 그래서 나는 남자의 마지막을 관찰하기로 했다.

남자는 온을 일으켜 세워 책상으로 끌고 갔다. 나에게 했듯이 온을 떠밀어 책상 위로 내던진 후 뒤에서 양팔로 몸통을 조이고 온의 바지 앞섶을 풀기 시작했다.

"넌 내 개야."

남자가 헐떡이며 중얼거렸다.

"저년은 내 마누라고, 넌 내 개란 말이다. 이 집에 있는 건 다, 내 거라고."

남자가 온의 속옷을 내리면서 말했다.

"그러니까 내가 대라면 대고, 까라면 까는 거란 말이다."

온이 한 팔을 뻗어 책상 위의 시계를 잡았다. 힘들게 몸을 돌려 남자에게서 벗어나면서 온은 남자의 머리를 탁상시계로 후려쳤다. 남자가 쓰러지자 한 번 더, 다시 한 번, 또 한 번, 온 힘을 다해 온은 몇 번이고 되풀이해서 내리쳤다.

이 모든 과정을 나는 책상 옆에 서서 관찰하고 있었다.

남자의 피가 아무 냄새도 없는 끈끈한 온기를 공중으로 피워올렸다.

온이 천천히 옷을 도로 입었다. 얼굴에 튄 피를 손으로 문질러 닦아냈다. 그리고 바닥에 쓰러진 남자를 내려다보았다.

남자는 얼굴이 짓이겨진 채로 발작하고 있었다. 남자의 머리가 있었던 곳은 피와 살점과 머리털이 엉긴 덩어리로 변했다.

보통 사람 같으면 벌써 죽었을 것이다. 남자를 그대로 두었다면 역시 저절로 죽었을 것이다. 그러나 나에게 물리고 그에게 맞으면서 자연스러운 죽음의 과정을 여러 차례 방해받은 남자는 이제 고장 난 시계처럼 죽지도 살지도 않은 채 영구히 발작하는 육신 안에 갇혀 버렸다.

온이 이런 것을 이해할 리 없었다. 그저 표정도 생기도

전혀 남아 있지 않은 얼굴로 멍하니 남자를 내려다볼 뿐이
었다.

"나가요."

내가 온에게 말했다.

온은 바닥에 누워 발작하는 남자에게서 눈을 떼지 않
았다.

"나가라고요."

온이 고개를 돌려 나를 보았다.

내가 다시 말했다.

"나가요."

그는 계속 나를 보고 있었다. 눈에 조금씩 초점이 돌아
왔다.

나는 조용히, 차분하게 말했다.

"이 집에서 나가요."

온이 천천히 눈을 감았다가 다시 떴다. 나는 덧붙였다.

"나가서, 다시는 돌아오지 말아요."

그는 문 쪽으로 시선을 돌렸다. 느리고 조심스러운 동작
으로 몸을 움직였다. 조금 절룩거리면서, 온은 서재 문밖으
로 사라졌다.

온이 사라진 후 나는 남자의 피와 상처를 처리했다. 이
미 생명이 다한 남자의 피에서는 아무 맛도 나지 않았다. 그
래도 나는 어쨌든 마지막 한 방울까지 모두 없앴다. 그리고

끝없이 발작하는 남자의 목을 꺾었다. 남자는 조용해졌다.

나는 남자를 들고 거실로 나갔다. 바닥에 깔끔하게 내려놓았다. 그리고 옆에 서서, 기다렸다.

취조실 문이 열렸다. 온이 들어왔다.

나는 일어서지 않았다. 수사관들의 관찰하는 시선을 창 너머로 느낄 수 있었다.

"왜 왔어요?"

내가 앉은 채로 그를 올려다보며 물었다.

"다시 돌아오지 말라고 했는데."

대답 대신 온이 물었다.

"왜 거기 계셨습니까?"

온이 한 발자국 다가섰다.

"그냥 사라질 수도 있지 않았습니까?"

나는 대답하지 않았다.

온이 한 발자국 더 다가섰다.

"절, 사람이 아닌 것으로 만들어주시겠습니까?"

나는 대답하지 않았다.

온이 목쉰 소리로 물었다.

"지난 며칠간 제가 무슨 생각을 했는지 아십니까?"

나는 대답하지 않았다.

온이 속삭였다.

"전, 이미, 사람이 아닙니다…."

나는 온을 쳐다보았다.

"이리 와요."

내가 손짓했다. 손목에 걸린 수갑이 가볍게 찰그락, 소리를 냈다.

온이 내가 앉은 의자 앞으로 다가와서 꿇어앉았다. 나는 그를 향해 몸을 숙였다. 그가 내 어깨에 머리를 기댔다.

나는 그의 목을 물었다.

그의 피는 내 기억 속 그 어떤 인간의 피보다도 향기롭고 풍성하고, 짜릿했다. 나는 주어진 짧은 순간 동안 최대한 많이 빨아들이고 최대한 즐기기 위해, 그리고 최대한 나의 역할을 다하기 위해 노력했다. 담당 수사관들이 취조실 문을 박차고 들어와 나에게서 그를 떼어놓았을 때 그는 이미 발작하고 있었다. 수사관들이 황급히 그를 끌고 나가면서 구급차를 부르는 소리에 귀를 기울이며 나는 이후의 일을 모두 운에 맡겼다.

✳

취조실에 있던 피해자의 아내는 수사관들이 운전사를 끌어낸 직후 사라졌다. 담당 수사관이 돌아왔을 때는 취조실 탁자 위에 수갑만 남아 있었다.

피해자의 운전사도 그날 밤 입원 중이던 병원에서 사라졌다. 병실은 7층에 위치한 독실이었고, 창문에는 창살이 쳐져 있었으며, 병실 밖에는 정복 경찰관이 지키고 있었다. 담당 경관은 자정 무렵 약 1분간 정전이 일어났으며, 정전이 일어난 순간 옷자락이 얼굴을 스치고 지나가는 것 같은 느낌을 받았다고 진술했다. 그러나 정전이 일어난 짧은 동안, 혹은 그전이나 후에도, 병실에 외부인이 드나들었다는 증거는 찾을 수 없었다.

이후 두 사람의 행방은 밝혀지지 않았다.

✳

모텔방 천정에는 거울이 달려 있었다. 나는 옆에 누운 그에게 천정을 가리켰다.

"저기 봐요."

나는 거울에 비친 그의 몸을 가리키며 말했다.

"저게 당신이에요."

거울 속에 비친 침대에 누워 있는 것은 그 한 사람뿐이었다. 나는 그와 나란히 누운 채로 거울에 비친 그의 몸이, 그 몸에 새겨진 흉터와 함께, 서서히 사라지는 것을 지켜보았다.

"만족해요?"

그의 반영이 거울 속에서 완전히 사라진 후 나는 그에게 물었다.

"아직… 잘 모르겠습니다."

그가 조금 웃으며 속삭였다. 그리고 내게 물었다.

"다시 만날 수… 있습니까?"

나는 고개를 저었다.

영원한 불모(不毛)의 생명에 동반자 따위는 없다. 그저 한정된 먹잇감을 노리는 경쟁자가 하나 늘었을 뿐이다. 다음번에 그와 마주친다면 그는 기꺼이 내 심장에 말뚝을 박아 햇볕에 널어놓으려 들 것이다. 그런 존재로 바뀌어 있을 것이다.

"보고 싶을 겁니다."

그가 다시 속삭였다. 나는 다시 고개를 저었다.

그의 손가락이 내 가슴에서 배로 미끄러져 내려갔다. 핏기 없는 살갗 위, 가늘고 하얗게 빛바랜 길고 깊은 흉터를 따라 천천히 움직였다.

"시간이 지나면, 잊을 수 있습니까?"

그가 물었다.

나는 고개를 끄덕였다.

그가 계속 내 흉터를 어루만지며 물었다.

"얘기해주실 수 있습니까?"

나는 고개를 저었다.

한때는 기억했던 것 같다. 언젠가 내 안에도 욕망과, 증오와, 분노와, 고통과, …슬픔이 소용돌이치던 때가, 있었던 것 같다.

…이제는 오래되어 모두 잊었다.

나는 그의 목을 바라보았다. 아직 아물지 않은 조그만 구멍 두 개를 검지로 만져보았다.

"좀 자는 게 좋겠어요."

내가 그에게 말했다.

"자고 나면 아물어 있을 거예요."

그 구멍이 아물 때쯤, 나는 그의 곁에 없을 것이다.

그가 창백한 얼굴로 다시 깨어나기 전까지, 나는 오랫동안 그의 잠든 얼굴을 바라보며 그렇게 그와 함께 누워 있었다.

작가의
말

치열한 여자들의
환상적인 이야기들

《여자들의 왕》은 주로 남성을 주인공으로 해서 틀에 박힌 형태로 전해 내려오는 이야기의 주인공을 여성으로 바꾼 작품들을 모은 책이다. 책을 여는 작품으로 수록된 일명 "공주, 기사, 용" 3부작은 "공주, 기사, 용"이라는 단어들에서 알 수 있듯이 전형적인 서양 판타지의 초점을 공주와 용으로 바꾸었다. 원래는 그냥 단순하게, 칼 들고 건들건들하며 "죽을래?" 같은 말을 내뱉는 공주를 주인공으로 이야기를 쓰면 재미있을 것 같다고 생각했는데 쓰다 보니까 왕비와 기사와 왕자도 각자 다 사연이 있을 것 같았다. 그래서 계속 썼더니 3부작이 되었다.

서양 영웅담에 나오는 악한 용의 기원은 고대 인도에서

찾을 수 있다. 본래 인도에는 커다란 뱀 혹은 도마뱀이 신화에 등장하는 경우가 많았다고 한다(그래서 러시아어나 폴란드어에서 "용"이라는 단어는 (커다랗고 신화적인) "뱀"을 뜻하기도 한다). 그러다 인도에서 원시불교가 발생하면서 당시 불교와 경쟁했던 조로아스터교에 용신이 있었기 때문에, 그리고 조로아스터교는 불을 숭배하는 종교였기 때문에, '불을 뿜는 악한 용'이라는 형상이 생겨났다. 원시불교의 여러 설화에 따르면 이 불을 뿜는 악한 용이 석가모니의 말씀을 받아들여 불교에 귀의하면 불법을 지키고 석가모니를 보호하는 선한 호법용(護法龍)으로 변하기도 한다.

서양 영웅담에서는 용이 종교에 귀의하는 부분이 빠지고 용감한 기사가 불을 뿜는 이교도의 악한 용을 물리치는 부분만 남아 있다. 용이 저지르는 나쁜 짓 목록에는 민간인을 학살하거나 공주를 납치하는 상황이 반드시 포함되고, 특히 서유럽 영웅담에서는 그래서 용감하고 기독교를 수호하는 선한 기사가 연약한 공주를 용에게서 구출한다. 용도 사실은 다 자기 나름대로 생각이 있고 사연이 있고, 공주도 사람이니까 평생 마냥 저렇게 연약하지만은 않을 것 같아서 천편일률적인 구도를 좀 뒤집어보고 싶었다.

〈사막의 빛〉은 우즈베키스탄을 여행한 뒤에 쓴 이야기이다. 그때나 지금이나 종교와 문화의 충돌은 여러 가지 갈

등을 낳고 있으며 이슬람교는 무조건 악하고 폭력적인 종교로 매도되고 있다. 내가 가서 직접 본 중앙아시아는 그렇지 않았다. 나중에 공부하면서 확실히 알게 된바, 중앙아시아는 이슬람교 문화를 바탕으로 하면서도 실크로드의 후예들답게 특유의 융통성 있고 조금은 유머감각 있는 사고방식과 개방적이고 포용적인 태도를 바탕으로 건강하고도 풍성한 상인문화를 일으킨 지역이다. 그래서 이 지역을 배경으로 전혀 다른 종교와 문화를 가진 주인공이 신비로운 여행을 하는 이야기를 쓰고 싶었고, 내가 한국인이니까 고려의 용도 하나쯤 넣어주고 싶었다. 위에서 말한 서양의 불뿜는 용과 반대로 동양의 용은 물을 다스리는데 이런 정반대의 특징은 중국을 통해 불교가 한국과 일본에 전해지면서 생겨났다고 한다. 한국, 중국, 일본 모두 쌀농사를 중심으로 하는 농경민족이라 날씨, 특히 비가 얼마나 오느냐가 국가 경제에 아주 중요한 사안이었고 그러므로 농민들은 비를 지배하는 토착신을 이전부터 믿고 있었는데, 중국에서 불교가 전해지면서 이 비를 지배하는 신에 선한 호법용의 형상이 합쳐져서 물을 지배하는 용신으로 정착되었다는 것이다. 용 얘기는 다 재미있는데 동서양의 정반대되는 형상 부분이 특히 재미있다.

표제작 〈여자들의 왕〉은 아주 농염하고 화끈한 여자들의 관능적 권력투쟁을 써보고 싶어서 시도했는데 생각보다 결과가 괜찮아서 만족한 이야기이다. 성경에 나오는 사울의 아들 요나단과 다윗 이야기는 사실 나는 잘 모르는데 옛날에 트위터에서 누군가 언급했던 걸 본 적이 있다. 사울, 요나단, 다윗 전부 남자들이라서, 마찬가지로 주인공을 전부 여자로 바꾸기로 했다. 이야기를 쓰다 보니까 요나단과 다윗보다는 살로메와 세례자 요한에 더 가까운 줄거리가 되었다. 처음에는 화자인 "나"만 생각하고 쓰기 시작했는데 다 쓰고 보니까 "누이"가 대단히 위험하고 음험하고 그러면서도 예쁘고 그래서 더 위험한, 일종의 '여자 낚는 팜므파탈'로 묘사되어 만족스럽다.

〈어두운 입맞춤〉은 흡혈귀 이야기인데, 나도향의 〈벙어리 삼룡이〉와 브람 스토커의 《드라큘라》를 내 멋대로 적당히 섞어서 만들었다. 〈벙어리 삼룡이〉에서 주인공 삼룡이는 남성, 삼룡이가 사랑하는 안방마님은 여성, 《드라큘라》에서도 흡혈귀는 남성이고 흡혈귀의 사랑의 대상은 여성인데 이런 구도를 뒤집고 싶었다. 그런데 〈벙어리 삼룡이〉의 구도 속에서 삼룡이는 신분과 외모로 인해 권력이 없는 취약한 인물이고 안방마님은 가부장제 하에서 남편에게 학대당해도 저항할 수 없는 성별권력적으로 취약한 인물이라서 이 두 인물의 취약성을 바꾸거나 없애서 더 좋은 이야기를 만들 자신은 없었다. 그래서 구도는 그대로 두고 여성주인공을 인간이 아니도록 바꾸어서 권력을 주었다. 여성이 귀신이나 괴물이 되어야만 권력을 가질 수 있다는 것은 슬프지만, 그렇게 할 수밖에 없었다.

마지막에서 두 번째에 수록된 〈잃어버린 시간의 연대기〉는 대학원에서 배운 동슬라브 원초연대기와 외할머니 장례식장에서 보고 들은 집안의 역사를 바탕으로 썼다. 동슬라브 원초연대기에는 유일한 여성 군사령관 올가 공주가 등장한다. 남편 이고리 왕자가 외적에게 살해당하고 올가 공주 본인은 어린 아들과 둘만 남은 상태에서 적군의 지배자에게 강제로 시집갈 위험에 처한다. 그러자 올가 공주는 여러 가지 꾀를 써서 적들의 군대를 생매장하기도 하고 태워죽이기도 하고 나중에는 적들의 본진으로 쳐들어가서 완전히 섬멸시킨다. 그러나 올가 공주가 유일하고도 처음이자 마지막 여성 군사 지휘관이며 이후 동슬라브 중세 역사에 이런 진취적인 여성은 등장하지 않는다. 그게 슬퍼서 내 상상 속에서라도 올가 공주의 대를 이어주고 싶었다.

이 책은 나오기도 전부터 "남자 죽이는 여자들 이야기"라는 오해를 받게 되었는데, 치열하게 살아가는 여자들의 이야기로 읽어주시면 좋겠다. 여자들도 상상의 주인공이자 중심이 될 권리가 있다. 그리고 전통적인 상상의 중심을 여성으로 옮기면 이야기가 훨씬 더 재미있어진다. 독자 여러분께도 재미있는 경험이었으면 좋겠다.

― 2022년 여름,
정보라

여자들의 왕

초판 1쇄 발행 2022년 7월 7일

지은이 정보라
펴낸이 박은주
편집장 최재천
편집 설재인
일러스트 박인주
디자인 김선예, 서예린, 오유진
마케팅 박동준

발행처 (주)아작
등록 2015년 9월 9일(제2021-000132호)
주소 04050 서울특별시 마포구 양화로 156
LG팰리스빌딩 1428호
전화 02.324.3945-6 **팩스** 02.324.3947
이메일 decomma@gmail.com
홈페이지 www.arzak.co.kr

ISBN 979-11-6668-680-1 03810